KB272997

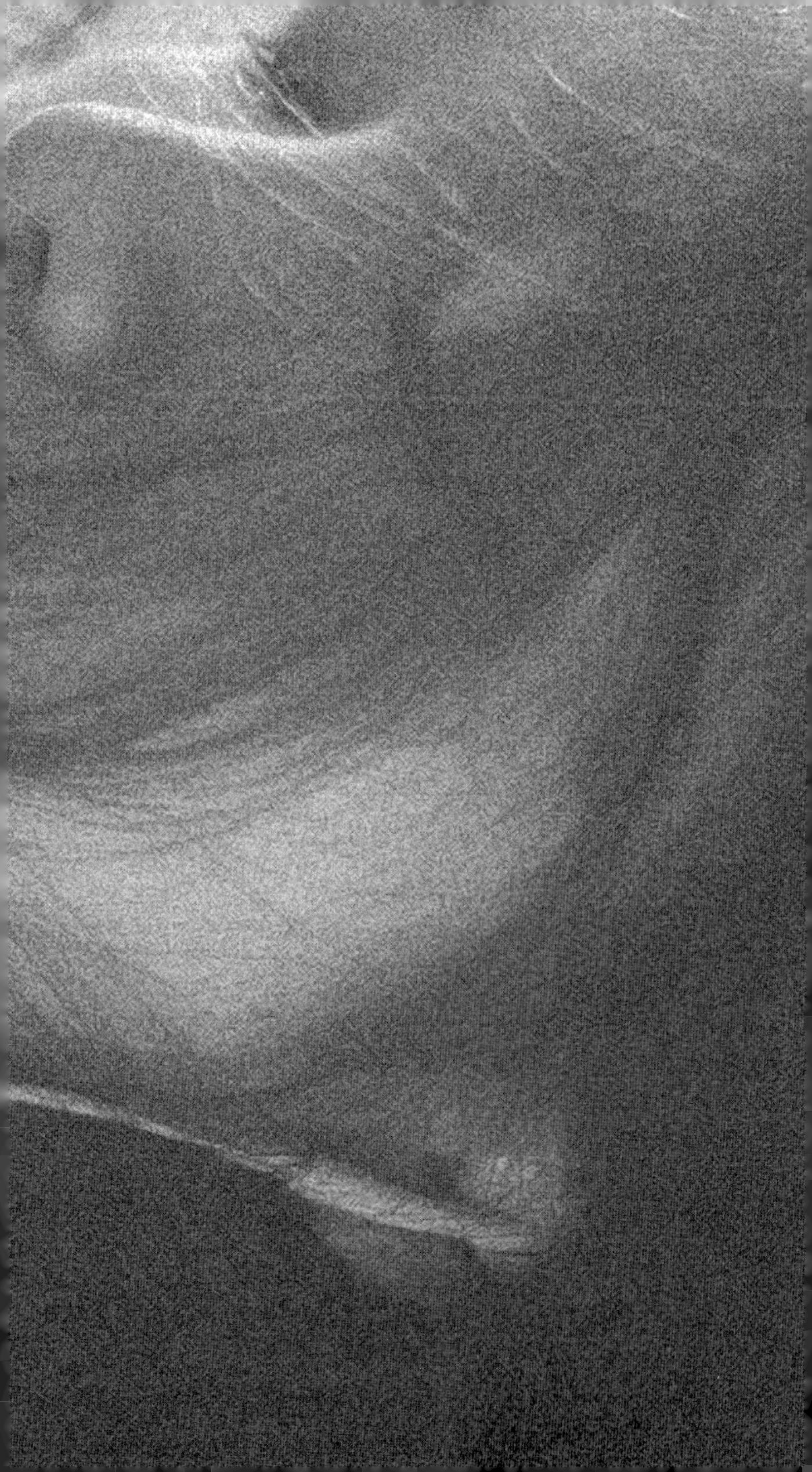

낭만 사전

이제야 산문집

다산책방

시를 쓸수록 형언할 수 있는 것들이 없어진다. 그럴 때마다 형언할 수 없는 것에 단어를 짝짓기 시작했다. 관념을 물질로 생각하면 쉽게 손에 잡힐 것 같은 마음으로. 희미하고 낡아가는 의미에 가장 비슷한 단어를 붙여두면 시간이 지나도 조금 수월하게 꺼내 볼 수 있을 것 같았다. 나만 아는 둘의 비슷함이 좋았다. 형언할 수 없던 것들이 어떤 촉감, 어떤 분위기, 어떤 냄새 등으로 목소리를 가지는 것이. 어떤, 이라는 이름을 붙이는 것만으로도 없던 것이 있는 것 같았다. 나의 사전은 이렇게 시작되었다.

시를 쓸수록 단어들에게 빚을 진다. 여러 생을 받아쓰고자 빌린 단어에게 겸손해진다. 시를 쓰는 동안에는 사전에 적힌 의미를 성실히 잊는다. 첫눈이라는

단어가 누군가에게는 마지막 해의 첫눈이기에 첫눈의
의미를 부지런하게 잊는다. 하나의 단어가 여러 생을
대변하는 순간을 시는 보여준다. 그 가능성을 믿게 된
다. 하나의 의미가 여러 생에 다르게 닿음을 시는 알려
준다. 생의 해석을 믿고 싶다. 우리가 알고 있는 소박
한 단어들에게 여러 생을 주고 싶어서 단어의 의미를
새로 썼다.

　이 사전이 우리에게 반가운 이해와 오해 사이이
길 바라며.

단어 목록

○

어떤 장면은 영원히 내 것 같지 않아서

살아봤을 법한 미래로 돌아가보면

— 일러두기

각 단어에는 두 가지 뜻이 수록되어 있습니다. 첫 번째는 단어의 사전적 의미로 표준국어대사전과 고려대 한국어대사전에서 가져왔습니다. 두 번째는 시인이 시를 쓰고 삶을 살며 다시 붙인 뜻입니다.

우리가 모든 은유가 된다면

○

[명사] 1. 정서나 사상 따위를 함축
적 언어로 표현한 문학의 한 갈래
2. 나에게만 들리는 외침

우리가 정답의 눈으로 사랑할 때가 있지
애쓰지 않아도 되는 믿음이면 좋겠어

– 「가벼운 믿음」 중에서

잊히지 않는 기억들이 있다. 기억이 나를 기억하
는 것인지도 모르겠다는 생각을 한다. 이런 기억은 시
간이 지나도 시제 없이 살아남아 주인공 없이도 대사
를 하고 의자 없이도 제자리를 잘 찾아 앉아 있다. 마
땅한 인과 관계나 서사가 없음에도 자리를 보관하고
있다는 것에 허탈하다가, 그 시간이 길어지면 인과 관
계나 서사가 기억을 결정짓는 게 아니란 것에 수긍하
게 된다. 그렇다면 우리는 이 기억들과 어떻게 살아가

야 하는지.

기억이 많은 사람이 되고 싶었던 적이 있다. 많은 풍경과 많은 사람을 간직하는 삶. 소중한 이들을 최대한 잘 기억하며 계절의 빛을 잘 모아두는 일은 글을 쓰는 사람의 쓸모 같았기에. 이런 희망은 늘 나를 긴장하게 했다. 사람의 표정을 놓치고 싶지 않아 했고 모아두려면 계절이 바뀌는 속도에 민감해야 했다. 이렇게 어떤 기억은 나름의 고군분투와 정성으로 수월하게 학습되었다.

어떤 기억이 쌓여가는지 모를 때쯤 남은 기억이 별로 없다는 것을 알았다. 그러나 내 희망 사항과는 다르게 기억하고 싶지 않은 것들은 잘 보관되어 틈만 나면 나를 괴롭혔다. 시를 쓰기 시작한 기저에는 이 괴롭힘이 있었다. 누구에게도 말하고 싶지 않아서 마구 활자로 발설하던 때. 그쯤 알았다. 잊기 위해 애쓴 것들, 돌보지 않으려 외면한 것들이 나를 따라다니고 있었고 나는 그들을 시로 옮기고 있었다는 것을.

시를 쓰고 싶은 이들과 수업을 하다 보면 저마다의 기억을 안고 온다. 선명하지 않아도 지워지지 않은 기억을. 시를 쓰려는 이유를 물으면 그들은 답한다.

마음에 무엇인가 있는데 잘 모르겠다고, 답답함을 시로 풀 수 있을 것 같다고. 그들보다 시를 조금 더 오래 쓴 나는 그 이유를 어렴풋하게 짐작하지만 섣불리 확신할 수는 없다.

그래서 우리는 둥글게 모여 앉아 그 기억을 끄집어낸다. 왜 좋은 기억이 되지 못했는지 왜 많은 이와 나눌 만한 이야기가 아닌지. 기억이 제멋대로 보관된 이유를 알아가는 것은 시를 쓰려는 이유를 알아가는 과정인 것 같다. 우리는 점점 기억을 받아들여 보듬고 잘 써야겠다는 다짐을 하게 되니까. 그 시간이 물론 불안하고 두려울지라도 우리는 한다.

기억을 끄집어낸다는 것에 대해 생각한다. 자신에게만 들리는 외침을. 삶의 에피소드를 나눌 수 없다는 것은 우리를 고립되게 한다. 기억을 듣고 쓰고 나누는 대상도 모두 나다. 그러나 오히려 세상의 모든 벽이 내가 되면 그에 맞설 힘을 얻기도 한다. 사랑을 자랑할 수 없다는 것에서 이별을 맞설 힘을 얻는 것처럼.

몇 해 전까지는 수업이랍시고 수강생들의 깊은 기억을 내가 궁금해해도 되는 것일까 하며 죄책감을 느꼈다. 사실 아직도 그런 기분이 늘 있다. 수업을 시

작하기 전에는 늘 그 죄책감에서 홀가분해지자고 다
짐하지만 쉽지 않다. 혹 그들의 기억에 내가 침범하며
보관된 기억이 더 고통스럽거나 슬퍼지는 것은 아닐지
조심스럽다. 맑은 눈동자에 조심스러운 움직임으로
내 수업을 듣던 학생이 있다. 수업을 신청한 용기가 궁
금할 만큼 모든 말을 아끼고 모든 말을 숙연하게 하
던 친구. 몇 주간 묻는 말에 대답 정도만 하며 다른 이
들의 이야기만 듣던 그녀가 어느 날 입을 열었다. 몇
해가 지났지만 그날 그녀의 첫마디가 뚜렷하게 기억난
다. 상상하기 힘든 상처를 안고 지냈던 그녀임을 알았
고 우리는 모두 함께 울며 위로했다. 기억의 문을 연
것은 둥글게 앉은 우리였을 것이다. 서로가 서로의 고
통에 기대고 기억을 꺼낼 용기를 주는 힘. 홀로 기억과
싸우던 이들이 힘을 모으면 문이 열린다. 우리와 시.

　　그때부터 나의 죄책감은 작아졌다. 나는 그들이
보여주는 희망을 믿었다. 오랜 시간 그 기억을 잊어보
려고도 떼어내 보려고도 했을 그들의 시간에 빚지기
로 했다. 이 시간을 지나 보면 시를 쓰려는 이들을 무
조건 사랑하게 된다. 우리가 기억을 회피했더라도 우
리는 아주 작은 희망을 놓지 않고 기억에 책임감을 가

진 이들이기에.

　우리는 오늘도 기억의 틈을 오간다. 눈을 질끈 감고 기억을 회피하기도 하고 다른 기억을 포개어 눌러 두기도 한다. 그러나 시를 읽고 쓰고 사랑하는 우리는 안다. 우리의 노력과는 다르게 어떤 기억은 사라지지도 좋아지지도 않는다는 것을. 그러나 우리는 또 안다. 나만 들리는 외침들이 시가 되어 어떤 기억은 꽤 잘 보관되리라는 것도. ● 시 | 나에게만 들리는 외침

○

[명사]　1. 눈에 나타나는 기색

2. 느닷없이 드러나는 진심

빈 공원에 의자들을 놓으면
제자리를 찾아 앉는 사람들이 있었다

의자에 앉았던 사람들이 책을 읽다가 잠들
었고
그것을 사랑이라고 했다

- 「빛의 날씨」 중에서

　　진심에 대해 몇 계절 동안 고민한 적이 있다. 나는
과연 타인의 진심을 얼마나 알며 지나왔고 타인은 나
의 진심을 어디까지 이해했을지에 대해. 이 시작은 언
어가 어떤 역할을 해줄 수 없음을 알게 된 후부터다.
　　가장 가까운 이 중 한 명은 오래 아팠다. 처음은
현실을 탓했고 다음은 현실을 이기지 못하는 자신을
원망하다가 결국 서서히 입을 닫았다. 그는 한동안 필
요한 말 정도만 하다가 조금 지나 어떤 말도 하지 않

으며 한 계절을 보냈다. 나는 직설적인 언어로 위로를
건네다가 온갖 부드러운 비유로 애정을 남기기도 했
지만 그럴수록 언어는 힘을 잃었다. 숱한 언어들로도
나는 나를 확인시켜줄 수 없었다. 언어가 마음에 유해
한 부담이 된다는 것. 끌어모아 쏟은 것은 금세 마음
의 뼈대를 드러냈다. 언어를 믿으며 쓰며 돌보며 사는
일이 직업인 내게, 그것은 결국 나의 쓸모를 잃는 것과
같았다.

　　그가 입을 닫은 지 한 계절이 지나며 그에게 전해
지지 못한 진심들이 눈에 보이기 시작했다. 쌓인 진심
들을 한동안 보았다. 우리에게 적당히 묻어두는 진심
들이 있는 것은 언젠가 이것이 전해질 것이란 믿음 때
문일 텐데 그럼 잘 간수해야 했다. 그의 입이 열리지
않고 한 계절이 흐르는 동안. 간간이 그와 마주 앉을
시간이 오면 내가 무엇을 할 수 있을지 생각했다. 쌓
이는 진심들이 많아지면서 나의 입은 점점 무거워졌고
어떤 말도 나오지 않았기에 언어를 대신할 만한 비언
어가 필요했다. 언어 아닌 언어로 마음을 전할 수 있는
무엇. 어느 날은 마주 앉아 밥을 먹다가 문득 그의 몸
전체에서 가장 미세하고도 생생한 언어를 발견했다.

눈물이 곧 왈칵 쏟아질 것 같다고 말해주지 않는 대신 눈동자 테두리를 채워가던 슬픔, 긴 속눈썹이 감싼 눈빛, 금세 붉어지던 흰 눈동자.

우연히 라디오에서 나오는 음악에 반응하는 갈색 눈동자, 가끔 레몬차를 권하면 말없이 마셨지만 조금은 편안해져 지그시 감는 눈의 얇은 속눈썹. 좋아하는 음악을 잊고 다정한 언어를 잃어가던 그때에도 그는 눈빛으로 말하고 있었다. 일과를 묻는 정도의 두세 마디 말에서도 그가 어떤 이야기에 조금은 더 반응하는지 나는 관찰해야 했고 알아야 했다. 쌓아둔 진심들을 하나씩 전달할 그 날을 위해 말이다. 그후 한 계절 내내 나는 그의 눈과 이야기했다. 어쩌면 언어 아닌 언어를 찾던 나의 간절함이 그 눈빛을 오해했을지도 모르겠다. 그렇게라도 오해해야 했다. 그러다 아주 가끔 느닷없이 해석되지 않는 진심을 발견하곤 했다. 해석하고 싶지 않은 그저 귀한 진심. 그의 눈빛을 관찰하는 시간이 늘어날수록 그의 눈빛이 아주 작은 미세한 움직임을 보여주면 진심에 다가가는 것 같았다. 우리는 영영 그때의 진심을 말하지 않겠지만.

그 뒤로 나는 꽤 많은 이의 눈빛을 보고 담고 종

종 꺼내 본다. 내가 전하고 싶은 진심을 위해서가 아니어도 느닷없이 발견할 타인의 어떤 진심을 알아내기 위해. 어쩌면 언어를 잃은 사랑의 세계에서도 언어가 포개지 못하는 슬픔의 세계에서도 눈빛이 어떤 언어를 대신해줄 수도 있을 거라고 믿기에.

내 의도를 모른 채 진심을 오해하는 이들을 원망하기도 했고 야속함에 울기도 했었다. 반대로 타인의 의도를 이해하려 노력하지 않은 채 너무 늦게 누군가의 진심을 알게 된 나를 자책하기도 했고. 진심은 어쩌면 영원히 표현되거나 전달되지 않는 건 아닐까. 진심 자체를 멀리하고 싶은 날들이 지난 후, 진심은 언어로만 전달하고 전달받는 것이 아님을 알았다. 설불리 누군가의 언어를 탐내거나 기다리지 않았으며 언어가 아닌 언어를 전하고 받는 일에 대해 나는 겸손해졌다.

내가 그의 눈빛에서 숨겨둔 진심을 처음 발견했던 그날을 잊지 않기로 한다. 그의 눈빛을 해석하며 겨울을 맞이했던 어느 아침을. 첫눈이 내렸고 나는 그에게 창밖을 보라는 메시지를 남겼다. 그리고 나는 흰 종이에 첫눈을 바라봤을 그의 눈을 하나 그려두었다.

그가 먼 훗날 그날을 이야기해 준다면 그림을 돌려 주고 싶다. 첫눈을 본 그의 눈빛을 들을 수 있다면.

● 눈빛 | 느닷없이 드러나는 진심

○

[명사] 1. 눈을 뭉쳐서 사람 모양
으로 만든 것 2. 우리가 쌓아 올린
한때

위로는 안아줄 수가 없어서 녹슬지 않는다는
모든 포옹을 빌려도 손이 모자란 흰 눈의 마
음 같았다

– 「위로의 자리」 중에서

　　겨울의 초입이 되면 나의 작은 세계에 꼭 두고 싶
었던 눈사람을 생각한다. 어릴 적 여름에 할머니 집 옥
상에 올라 처음 작은 나의 세계를 만들었을 때 작은
눈사람을 꼭 그곳에 세우리라 다짐했다. 그러나 어른
이 되어가며 나의 세계는 타인의 세계와 겹쳐져 갔다.
작고 고립된 세계에서 가능한 나의 작은 눈사람은 아
직 탄생하지 못했고.
　　겨울에 눈이 내리는 날이면 눈사람이 세워지는

자리를 자주 본다. 세워진다는 자세는 시간의 흐름을 동반하는데 세워지는 것들 중 특별히 눈사람은 빛에 빛을 져 스민다. 그리하여 우리는 이 빛의 힘을 예측하고 받아들인 채 눈을 모아 굴리고 다듬고 세우며 빛에 흩어지도록 둔다. 눈, 코, 입이 하나씩 흘러내리다 둥그런 몸이 녹아내리도록. 쌓으며 기대하지 않는 마음이 이런 걸까, 아니면 애초부터 녹을 것임을 아는 마음이 이런 걸까. 내게 눈사람이 오랜 애정의 대상이며 나의 세계에 들이고 싶었던 이유일지도 모르겠다.

눈이 내리면 삼삼오오 모여 눈사람을 만든다. 눈을 기다린 마음으로, 가장 정성스럽게. 짝이 다른 눈, 코, 입과 길이가 다른 나뭇가지와 똑같을 리 없는 팔 길이까지. 눈사람에게 운이 좋은 날에는 목도리도 두른다. 폭설이 계속되면 눈을 맞는 눈사람을 찍는 이들이 모이고 빛이 들기 시작하면 눈사람은 묵묵히 작아져 가겠지. 온 우주의 사랑을 받은 듯한 눈사람이 완성되면 하나둘 자리를 떠난다. 정성스럽게 만들었지만 꽤 가볍게 헤어진다는 듯이. 우리에게 아껴둔 인사가 없다는 듯이.

작년 겨울에는 눈사람이 다 녹아버린 모습을 보

고 엉엉 우는 꼬마를 본 적이 있다. 몇 시간 전 열심히 만든 눈사람을 다시 보러 온 꼬마에게 사라진 눈사람은 슬픔일 수밖에. 꼬마의 엄마가 눈은 원래 녹는 것이라며 다시 만들자고 계속 타일렀지만 꼬마는 원래 녹는다는 것을 이해할 수 없었을 거다. 그 순백의 정성을 믿기에, 꼬마의 동심은 녹음을 이해할 수 없기에. 사방이 폭설로 눈이 쌓여 있는데 눈은 원래 녹는다니, 꼬마는 어쩌면 자신의 사랑만 녹아버린다고 오해한 것은 아닐까. 알려주고 싶지 않은 물질의 일이 있는 것 같다. 관념 속에만 머물러도 좋을 한때의 오해들. 꼬마를 보며 눈사람의 물질을 꼬마가 오래 모르면 좋겠다고 생각했다. 그다음 해 꼬마의 눈사람이 꼬마에게 조금 더 이해받았기를 바라면서. 조금 더 크면 알게 되려나. 자연스러운 흐름이라는 것은 어른이 되어도 받아들이기 힘든 불온한 것임을.

　　사라지는 것에 우리는 얼마나 익숙할까. 죽음과 생이 나란한 선에 있다는 것에 대해, 사랑과 이별이 어디에도 기울어 있지 않다는 것에 대해. 녹아버리는 것이 무엇인가에 빚을 지는 일임을 이해한다면 많은 생이 죽음을 받아들일 수 있을까. 흩어지는 것이 애초

예정된 일이라면 많은 사랑은 이별을 잘 건널 수 있을까. 불현듯 몰려든 사랑과 사라지는 관심에 관대한 눈사람이 사는 방식처럼. 이 단순한 폭설 같은 마음을.

　오늘도 시에 눈사람을 들여놓는다. 어린 시절 나의 옥상에 작은 눈사람을 하나 세워두고 며칠 보살피고 싶었던 마음을 시에 쓴다. 살아 있는 한 온갖 마음을 쓰겠으나 사라지더라도 슬퍼하지 않는 마음을 배우고 싶어서, 어떤 이에게 충실하겠으나 흐름을 거스르지 않음을 배우기 위해.

　나의 세계에 눈사람을 두고 빛이 쏟아질 때면 빛을 최대한 가려 오롯이 지켜주고 싶었고 빛에 스르르 소멸하는 모양을 내 눈으로 보고 싶었다. 어쩌면 나의 세계에 세워두고 싶었던 것은 눈사람이 아니라 나의 마음이라고 이제는 말할 수 있겠다. 녹아내리는 것을 보고 싶지 않아서 흩어지는 것을 감당하고 싶지 않아 짓지 않은 나의 눈사람. 매해 겨울이 오면 나는 많은 눈사람 앞에 서 있겠지. 눈사람을 시로 받아 쓰면서.　● 눈사람 | 우리가 쌓아 올린 한때

 창문

○

[명사] 1. 공기나 햇빛을 받을 수 있고, 밖을 내다볼 수 있도록 벽이나 지붕에 낸 문 2. 매일 만나는 작은 영화

여름 기차를 탄 사람과 약속을 잡았을 때
다음 창문에서 옷을 갈아입었다

여름의 결들이 모이는 방식처럼

– 「환절기의 밤」 중에서

세상의 넓은 단면에서 우리가 기억하고 싶은 만큼만 덜어내면 어떨까. 내 눈의 위치를 옮겨, 담고 싶은 사람과 담아두기 적당한 고도만큼만. 그러면 조금 더 두려움 없이 세상을 볼 수 있지 않을까, 어쩌면 사람을 더 사랑할 수 있지 않을까.

어릴 때부터 성인이 된 지금까지도 나의 오랜 취미는 창문 앞에 앉아 있기다. 아홉 살 무렵 외할머니 댁을 가기 위해 기차를 타고 대구와 서울을 오가는 날

이 많았다. 사람이 많은 곳을 좋아하지 않고 조용한
편이었던 내게 기차역은 좋아하지 않는 장소 중 하나
였다. 단 몇 분이었지만 기차역에서 엄마 손을 놓쳤던
기억이 오래 남았기에 기차역은 목소리들이 울리고
수많은 사람이 서로를 가로지르는 공간일 뿐이었다.
그래서 대부분 기차역에서는 숨죽여 기차를 기다리곤
했는데 그럼에도 꾹 참고 버틴 이유는 기차에서 맘껏
볼 수 있는 창문이었다. 나는 그것을 창문 놀이라고
불렀다. 놀이라고 하기에 너무나 고요하고 수동적이
지만 내게는 그 어떤 놀이보다 역동적이었던 놀이.

하루는 어느 역에서 갑자기 폭우가 내렸다. 비
를 예상하지 못한 사람들이 가방으로 머리를 막기도
하고 후다닥 뛰어다니고 있었다. 어린 나는 그 모습
이 우스워 엄마에게 가방 모자를 쓴 사람이라고 말하
기도 하고 옷이 젖은 채로 기차를 탄 사람을 구경하기
도 했다. 그렇게 몇십 분을 달려 다음 역에 도착했는
데 폭우는 어디 가고 해가 쨍쨍했다. 소나기를 이해할
리 없던 어린 나는 변한 세상에 무서워서 엄마에게 안
겨 엉엉 울었다. 엄마는 내게 소나기를 열심히 설명해
준 것 같은데 그냥 내게는 다 이상했다. 그렇게 엄마

에게 안겨 한참 울던 나는 그때부터 창문에 더 집착했다. 오열이 부끄럽게 말이다. 폭우보다 더 마법 같은 변화는 없을까, 폭설은 언제쯤 창문에 나타날까 등. 창문이 나를 이상한 곳으로 데려다 줄 것 같은 믿음이 생겼다. 두려움을 희열과 바꾸고 싶은 용기였을까. 이 믿음으로 내가 성인이 된 지금까지도 창문을 사랑하게 될 줄은 몰랐겠지만.

그날 이후 기차를 탈 때면 창문에 달라붙어 있었다. 달리는 창문이 그냥 좋았다. 계속 바뀌는 세상의 장면이, 계속 나타났다 사라지는 집과 나무가 내게는 동화 같았다. 접고 펼치며 읽는 다음이 궁금한 입체 동화책처럼. 그러다 정차역에서 잠시 정지해 있을 때는 사람들을 구경했다. 다들 무슨 짐을 그렇게 들고 있는지 궁금해서 엄마에게 물으면 엄마는 가족이나 친구들을 만나러 가는 사람들이라며 사랑하는 사람에게 주고 싶은 것이 많을 거라고 했다. 사랑을 전하는 사람들의 모습은 이렇구나. 내가 믿은 사랑의 모양이었다. 기차가 달릴 때 창문은 입체 동화책 같은데 기차가 몇 분씩 정차하는 역에서 보는 창문은 온통 사람이었던, 신기한 창문 놀이.

그렇게 십 대가 되어서 기차를 타면 그날에 어울리는 노래도 골라 들을 줄 알게 되었다. 음악을 좋아한 부모님 덕에 친구들보다 시디플레이어, MP3를 일찍 선물 받았다. 계절에 따라 어울리는 노래를 들으며 기차에서 창문 밖을 구경하면 학교 문예반에서 읽은 시가 생각났고 정차역에 핀 코스모스를 보면 사진을 열심히 찍기도 했다. 그렇게 창문 밖에서 계절을 배우고 구름을 맘껏 관찰하며 자란 것 같다.

혼자 기차를 탈 수 있는 대학생 때부터 창문은 또 다른 이야기들을 들려주었다. 창문 안에 딱 맞게 들어오는 바깥을 보고 있으면 세상은 참 잘 정돈된 그림 같았다. 나의 삶에 적당히 만족하고 있는 것 같은데도 기차에서 보는 창문 밖은 어떤 혼란도 없이 평화로워 보였다. 가끔 정차역에서 많이 우는 사람이나 술에 취해 주저앉은 사람을 보곤 했는데 기차가 다시 출발할 때까지 시선을 둘 곳이 없어 힘든 적도 많았다. 이렇게 짧은 시간인데 감당할 수 없는 생의 장면이 많다면 이별이나 죽음을 오래 지켜봐야 하는 순간이 언젠가는 온다는 것이 두려워졌다. 언제쯤 나는 어떤 삶의 창문에서도 묵묵히 견딜 수 있을 것인지, 어두운 창문 앞에서 더 성숙해질 것인지에 대해서 생각하면서. 내가 원하는 것만 적당한 창에 담을 수 있다면 그런 삶은 얼마나 안온할까 생각했다. 그런 삶은 불가능할 것이기에 나는 잠시라도 창문 밖만 보고 싶었다. 내가 선택하지 않고 책임감이 따르지 않는 수동적인 관찰자가 되는 편이 나을 것 같았다. 내가 짊어져야 하는 것들이 오기 전까지라도.

아홉 살에 만난 마법의 창문은 이제 다시 만날 수 없다. 폭설이 내렸다가 몇 초 만에 햇빛이 뜨는 날은 그렇게 자주 오지 않으니까. 그러나 오늘도 그날의 창문을 떠올린다. 세상이 변한 작은 모습에 놀라던 그때의 나를 기억하고 싶어서. 그럴 때면 그때의 나를 데리고서 나는 오늘도 집 창문 앞에 앉는다. 세상의 변화에 그러려니 하지 않고 귀를 기울이려고, 세상이 가진 입체의 모양을 기억하려고. ● 창문 | 매일 만나는 작은 영화

단어 5 **부고**

○

[명사] 1. 사람의 죽음을 알림. 또는 그런 글 2. 영원한 애도를 위한 신호들

병든 고양이를 그려 놓은 문장 아래에
우리의 말들을 적어두고 싶어

어쩌면 가까운 미래를 이어놓듯이

– 「오래된 말」 중에서

거슬러 오르면 서서히 드러나는 것들이 있다. 결론을 알고 다시 앞으로 돌아가 읽는 소설처럼. 일부러 숨겨둔 것이 아니라 어쩌면 쉽게 찾을 수 있는 신호들을 발견할 때면 우리 삶이 잘 짜인 소설일 수도 있겠단 생각이 든다. 다만 미리 읽을 수 없는 소설인 우리 삶은 조금 시간이 지나야 앞장으로 돌아가 볼 수 있다는 것. 그리고 앞장으로 돌아가 보면 곳곳에 영원히 답할 수 없는 질문들이 있다는 것.

부고가 많아진다. 내가 나이가 들어갈수록 선생님들은 조금 더 부고가 이해되는 연세가 되는구나 싶지만 젊은 지인들의 죽음 앞에서 그 이해들은 사라진다. 이해되지 않는 죽음보다 이해하고 싶지 않은 죽음이 많아진다. 이해할 수 없는 일이 우리를 고통스럽게 한다고 생각했는데 이해하고 싶지 않은 일 앞에서 우리는 속수무책으로 넘어진다.

어떤 죽음은 생각보다 많은 흔적을 둔다. 이십 대 젊은 시인의 부고를 듣고 한동안 힘들었다. 응원해 온 동료였고 격려를 준 동료였다. 응원과 격려의 차이를 알려준 그의 시집과 인사. 동료들의 애도가 끝나고 돌아와 그의 시집과 산문집을 반복해 읽었다. 미친 사람처럼 계속 읽었다. 증거를 찾아내려는 사람처럼, 빈 집을 두드리는 사람처럼.

직설적이고 고통스러운 문장들로 알아차리지 못한 슬픔을 생각했다. 힘들다, 아프다, 운다 등을 반복하는 말들 속에서도 예측하지 못했던 결말에 대해. 그럴 바에는 다른 세계가 낫겠다고 말하는 문장에서도 나는 무례하게 그의 의지를 믿었다. 그때는 그가 살고자 한 의지였을지도 모르나 그 의지가 삶을 이어가기 충분하다고 믿었던 내가 무례했던 것. 함부로 알지도 못하고 함부로 괜찮아질 거라고. 다시 읽으며 내가 놓친 신호들을 찾아갔다. 반복되는 말들 사이 그가 남겨두었을 신호를, 죽은 사람이 쓴 글인 것처럼 호소하며 그가 말하고 싶었던 신호를. 이미 너무 늦었지만 영원히 그를 응원하기 위해 신호를 알아차리고 싶었다. 그가 나에게 전해준 격려보다 더 많이.

결말을 알고 거슬러 올라가 한 이의 생을 본다. 부고라는 결말은 과거로 가보라는 신호라서 죽은 이의 당부 같다. 시집에서 그는 이미 이 생을 잘 마감할 준비를 해둔 것 같았다. 이 시집 한 권에 모든 것을 담으려는 듯. 마감을 준비한 신호는 내가 잘 찾아낸 것일 수도 있고 틀렸을 수도 있다. 그래도 성실히 신호를 찾는 것이 영원한 애도이기에.

선배가 떠나고 투병 때 나누던 문자 메시지를 하나씩 회상했다. 어떤 말들은 너무 또렷하게 보고 싶지 않아 읽지 않고 들추게 된다. 좋아지고 있다는 말을 왜 나는 믿었나, 강화도 데이지 밭에 가자는 약속을 왜 나는 믿었나, 다가올 선배의 죽음 말고는 다 믿었다. 회상의 끝에는 암시가 하나둘 있어서 어쩔 수 없이 또렷하게 신호를 마주한다. 그렇게 선배가 불현듯 꺼내던 생소한 단어와 침묵을 뒤늦게 발견했다. 여전히 이 신호가 맞는지 아닌지는 잘 모르지만 계속 읽었다. 잘 잤다고 말하는 아침의 문자 메시지 중에서 편안히 자고 깬 날이 몇이나 될까 세어보면서. 수없이 하던 고맙다는 말은 하나씩 읊어가던 생이었을 텐데 병이 나아가고 있음에 대한 감사로 해석한 나를 원망하면서.

　입원 생활이 끝나면 데이지 밭에 함께 가기로 했던 선배는 SNS에서 데이지 밭이 찍힌 사진들을 발견할 때마다 휴대폰에 한가득 저장했다. 끝을 짐작한 이가 미리 가본 곳들의 기록이겠지. 내가 죽음이라는 단어 대신 데이지라는 단어만 생각하게 하려던 그녀의 줄거리였겠지. 그녀가 죽음을 알고 미리 써둔 나를 위한 소설. 결말을 모두 알고 글쓴이의 의도까지 알아버렸지만 나는 이 소설을 조금 남겨두고 싶다. 선배가 그리우면 조금씩 신호를 찾아 모르던 신호를 발견하고 싶다. 그래서 기일이 오면 세상에 없는 번호와 주고받았던 문자 메시지와 메일들을 다시 읽는다. 아직 발견하지 못했거나 영원히 발견하지 못할 신호들을 찾고 싶다. 그녀의 영원한 독자가 되고 싶다.

　　이해가 안 된다고 생각한 모든 것은 죽음 앞에
진다. 부고를 하나씩 만날 때마다 섣불리 세상의 어떤
것도 이해하지 말라고 말해주는 것 같다. 이해한다 해
도 이해되지 않는 것이 훨씬 많다고, 운이 좋아 누가
어디부터 무엇을 두었는지 알게 되더라도 아주 늦을
거라고. 반대로 매일 스치는 것들이 사소하더라도 헛
된 것은 없을 거라고. 한 생을 담은 소설의 모든 결말
은 부고다. 부고라는 같은 결말을 알고 난 후 하나씩
생을 거슬러 올라가면 한 이가 한 이에게 말해주고 싶
었던 고통, 사랑, 배려, 애착, 보람, 그리움, 기쁨, 간절
함, 슬픔이 다 있다. 아니 다 있을 거다. 우리는 그것
을 하나씩 발견하며 혹은 영원히 발견하지 못하며 살
겠지. 떠나는 이의 부고는 이렇게 영원한 애도의 텍스
트들을 남긴다. ● 부고 | 영원한 애도를 위한 신호들

○

[명사] 1. 기둥 둘레의 원판 위에 설치한 목마에 사람을 태워 빙글빙글 돌리는 놀이기구 2. 차례를 기다리는 자세

물에 번진 종이가 자라나 올리브나무가 되고

놓아준 적 없는 햇빛에도 마음이 그을린다
위로되지 않는 여름날 우정처럼

– 「모든 요일은 환절기」 중에서

웃는 듯이 지내다가 가끔 슬픔을 토로하는 우
리. 슬픔에는 차례가 있다는 생각이 든다. 차례가 있
는 슬픔은 오래 이어온 관습을 닮아 때가 오면 우리
는 꽤 익숙한 듯이 괜찮은 척 나아진 척 받아들이는
척을 한다. 우리는 언제나 회전목마에 오른 것처럼.
　　누구에게도 들키기 싫은 슬픔과 오래 지낸 날들
이 있다. 내가 무너지면 내가 보호해야 할 이가 무너질
것 같아서 나는 내가 가진 힘을 끌어모으고 내가 아는

나보다 더 강한 나로 지내야 했다. 슬픔을 적당히 드러내는 법을 아는 나에게 슬픔을 감추는 일은 슬픔보다 더 슬픈 일이었다. 언젠가부터 슬픔이 슬픈 것이 아니라 슬픔을 슬프지 않은 척을 해야 하는 내게 더 슬퍼졌다. 슬픔을 감추는 동안 나를 더 감추게 되었다.

꽤 오래 슬픔을 감추며 사는 동안 매일 회전목마에 탄 어린 내가 생각났다. 차례가 되면 웃고 손가락으로 브이를 하던 나. 모두가 즐거워 보여 무서운 척을 하기 싫었던 어린 나는 회전목마에 올라 부모님이 보이는 순간 아주 활짝 웃었다. 어서 코너를 돌았으면 하는 마음이 무색하게도 브이를 해야 할 차례는 너무나 빨리 다가왔던 기억. 두려움을 참는 시간은 너무나 긴데 두려움을 숨기고 웃어야 하는 시간이 더 긴 것 같은 회전목마에서 나는 이미 알았을지도 모른다. 슬픔의 회전 속도를 말이다.

슬픔을 드러내지 않고 지내는 동안 간혹 지인들을 만나는 날이면 나는 회전목마를 타는 어린 나로 돌아갔다. 신발장에 서서 집을 나서기 전마다 회전목마를 떠올렸다. 문학을 하는 동료들을 만나 소설 쓰는 이야기, 시집이 나온다는 이야기, 상주작가에 지원해

보자는 이야기 등을 나누는 동안 나는 슬픔에 잠긴
사람이 되기 싫었으니까. 그렇게 동료들을 만나 적당
히 밝게 안전하게 있으면 나는 무난히 살아가는 사람
같았다. 틈틈이 내 차례가 되면 웃어주기, 회전하다가
내 몫만큼 떠들기. 그 정도면 됐다고 생각했다.

　누구에게도 말하기 싫었던 슬픔은 꽤 오래갔다.
나는 나의 사랑스러운 이를 다시 웃게 하기 위해 대신
울었으며 더 빨리 웃음을 찾아주지 못함에 수많은 밤
을 자책했다. 사랑만으로 지켜줄 수 없는 날들과 노력
만으로 나아가지 않는 날들 앞에서, 나는 한 사람을
위해 살았지만 한 사람에게 무용한 것 같은 느낌. 그
냥 버텼다. 잘 자고 일어나 밥을 먹어 주기를 햇빛에
작은 동공이 반응하기를 바라면서. 내가 얼굴에 슬픔
을 내비치면 그 작은 동공이 나의 슬픔을 알아챌까 봐
나의 회전목마는 쉬지 않고 매일 돌아갔다. 누군가를
지키는 일은 어쩌면 사랑을 드러내며 사랑 아닌 모든
것을 숨기는 일이 아닐까 생각했고 그렇게 믿었다.

　끝나지 않을 것 같았던 고통이 막을 내려갈 때쯤
회전목마에서 내려왔다. 슬픔을 감추고 나를 향한 시
선이 모이면 활짝 웃어 보이던 방식이 좋았는지 누가

묻는다면 나는 어떻게 답해야 할까. 어떤 방식이 슬픔의 깊이와 속도에 나았을지 모르겠다. 그러나 내가 지켜야 할 대상에게 슬픔을 들키지 않았던 것이 내 사랑의 깊이와 속도에 적당했음을 믿는다. 느린 내가 호박마차를 고르지 못해 늘 웃지 못했던 것처럼.

문학은 결함과 수치심이 있기에 가능하다고 믿지만 남들에게 들키지 않고 싶다. 그러나 나에게는 계속 들키고 싶다. 결함과 수치심 속에서 끊임없이 나와 재회하고 싶다. 이러니 내가 문학을 하는 거지 내게 문학이 필요한 이유지 생각하고 싶다. 내 얼굴에 보이는 슬픔이 시가 되는 것이 과연 아름다울 수 있을지에 대한 확신이 없다. 그래서 보이지 않도록 두었다가 재회의 차례마다 꺼내보려 한다.

아마 다시 슬픔을 감당해야 할 때가 오면 나는 회전목마에 탈지도 모르겠다. 회전목마에서 아무도 내게 관심을 가지지 않을 때 두려워하고 슬퍼하며 울다가 때에 맞춰 잘 웃어 보이겠지. 어떤 슬픔은 잠시 감추었다는 것만으로 오래 버틸 용기를 얻으니까. 오래된 슬픔은 끝나지 않을 것을 안다. 끝이 있다고 말할 수 있는 것은 사랑을 동반하지 않을 것이기에. 회

전목마를 탄 어린 내게 말해주고 싶다. 사랑한 만큼
슬플 것이며 슬픈 만큼 사랑했다고 말할 수 있다고.
슬픔에 차례가 오면 나아지는 듯 괜찮아지는 듯 웃는
훌쩍 커버린 우리들에게. ● 회전목마 | 차례를 기다리는 자세

 잠꼬대

○

[명사] 1. 잠을 자면서 자기도 모르게 중얼거리는 헛소리 2. 한밤에도 지켜달라는 귓속말

왜 구름보다 구름 같은 마음을 통과해야만
할까

껴안는 일이 글자가 된다면 우린 곁의 간격을
볼 수 있을까

– 「낭독회」 중에서

　누가 내게 한밤에만 들려주고 싶은 이야기들이
있다면 밤이 영원했으면 좋겠다고 생각했다. 너의 말
들과 작은 몸짓들이 깨어나는 시간이 밤이라면 불현
듯 내뱉는 속마음이 밤이 편하다면 내가 낮과 밤을 바
꿔 너의 곁을 지키겠다고. 그러나 그런 내 포부와는 달
리 밤은 내가 나의 역할을 해야 하는 민감하고도 두려
운 시간이었다. 한 존재의 꿈 곁에서 한없이 상주해야
했던 시간.

H의 곁을 밤마다 오래 지켰다. 그에게는 악몽일 수 있는 꿈일 텐데 나는 H가 꿈을 꾸기를 간절히 바랐다. 나는 무의식을 들어야 했고 기록해야 했고 짐작해야 했다. 전문의는 무의식 중 하는 말, 무의식 중의 행동 등을 잘 지켜봐야 한다고 말했다. 그 고통스러운 무의식이 나타나기를 바라는 것이 과연 맞는 일인지 수백 번 의문이 들었지만 누구라도 믿고 싶었다. 전문의 말처럼 깨어 있는 동안 내가 알아차릴 수 없는 것을 무의식이 알려준다면 나는 간절하게 경청하고 목격해야 할 것 같았다. 내가 H를 가장 잘 아는데 H를 진단하는 이가 하라는 대로 해야 한다는 것이 슬펐다. 그럼에도 성실하게 따르고 있는 내가 미웠다. H의 고통에 우리가 너무 무례한 것은 아닌지 H의 무의식을 강요하는 것은 아닌지 자책이 들었지만 더 생각할 수 없었다. 하라는 대로 했다.

무엇을 아낀다는 것은 그의 평온과 안전을 기도하는 일이라고 생각했다. 그러나 현실은 평온과 안전하지 않은 밤을 기대해야 했고 아무 기척이 없는 밤이 지나면 내가 어떤 신호를 알아차리지 못한 것은 아닐지 지난밤을 계속 회상했다. 나는 보호자라고 할 수 있는지, 그가 잠을 설치며 주는 신호를 기다리는 내가 그를 아끼는 것이 맞는지 강박증이 시작되고 있었다. 그쯤 H는 잠을 자다 불현듯 소리를 지르거나 통곡하거나 같은 말을 계속했다. 손을 뻗어 무언가를 잡거나 눈을 감은 채 침대를 뒹굴었다. 강박증이 생기려던 나에게 H는 자책을 그만 해도 된다고, 이제 내가 마음껏 신호를 보내겠다고 말하는 것 같았다. 그는 자고 있지만 깨어 있는 시간보다 고통스러워 했다.

나의 강박증조차 잊게 하려는 듯 그의 잠꼬대는 날이 갈수록 심해지고 고통스러웠다. 누군가를 원망하고 누군가에게 화를 내고 누군가를 잡으러 다녔다. 깨어 있는 것은 아닌지 싶을 만큼 그의 잠꼬대는 선명한 말들과 분명한 감정들로 가득 찼다. '밤 11시 52분 아악 소리 지름', '새벽 2시 37분 통곡하며 한참을 울었음', '새벽 3시 15분 갑자기 앉았다가 다시 취침' 쉴 새 없이 그의 잠꼬대를 받아쓰며 나는 엉엉 울었다.

어떤 신호라도 보내 달라고, 그래야 맞는 약을 먹는다고, 대체 어떤 마음이냐고 간절히 기다리는 내 모습이 H의 고통을 당기고 있는 사람 같았다. 죄인 같았다. 나를 누구보다 아꼈던 H는 나의 바람을 들어주려고 이렇게나 심하게 잠꼬대로 고통을 말해주나 싶었다.

몇 달이 지나 그의 잠꼬대는 줄어들었다. 그렇게 아침이 오면 나는 그를 대변해 그의 밤을 전문의에게 전달했다. 그에 맞는 상담과 이야기들이 그에게 닿았고 그는 열심히 낮을 살아갔다. 내가 그의 밤을 열심히 받아 적듯이 우리는 서로를 위해 주어진 낮과 밤을 성실히 버틴 것 같다. 몇 개월 이상 그런 밤이 지속되던 가을, 나는 그의 밤에 조금씩 나태해지고 있었다. 나아진 삶이라고 하기에 남아 있는 상처가 있었기에 편안해져서 온 나태함은 아니었던 것 같다. 그렇게 꾸벅꾸벅 졸고 있던 밤, 그의 잠꼬대가 내게 들렸다. "네 좋아요." 꾸벅꾸벅 졸던 내가 깨자 그는 반복해 말했다. "좋아요." 가느다란 그의 음성.

그는 누구를 만났을까. 더 강해진 자신이 내미는 손을 잡으며 한 말일까. 미래의 자신이 두 팔을 벌려 안기라도 한 걸까. 그렇게 다시 잠든 그를 보며 반 년 만에 가장 오래 운 것 같다. 그가 좋다는 것은 무엇이든 환영하고 싶었다. 긴 밤을 보낸 그가 어떤 선택을 하고 어떤 삶을 살아도 그가 좋다면. 그는 무의식을 빌린 걸까 무의식을 속인 걸까. 그렇게 그의 잠꼬대는 나를 위로했고 나를 껴안았다. 괜찮다는 듯이 푹 자도 된다는 듯이.

잠꼬대를 받아쓰고 몸짓을 관찰하는 숱한 밤 동안 사실 나는 그의 고통을 함께 살 수는 없었을 것이다. 어떤 세상이 그를 붙잡고 있는지 어떤 세상이 그를 짓눌렀는지 영원히 모를 것이다. 그래서 나는 아직도 내가 이해하고 해석한 만큼만 그때를 기억한다. 그의 꿈을 내 선에서 보관한다. 그러나 우리의 밤은 어떤 해석 없이도 남아 있다. ● 잠꼬대 | 한밤에도 지켜달라는 귓속말

○

[명사] 1. 사상이나 감정을 언어로 표현한 예술 2. 세상을 누비는 작은 쓸모의 씨앗

소멸되는 시간을 지켜본다는 것은
사랑의 능력일까 인간의 불행일까

- 「서정 시대」 중에서

쓸모라는 것은 어떤 행위가 변화나 도움을 가져
올 때 선명해진다. 쓸모를 찾아야 하는 일이 개인의 행
위가 아니라 타인과 공유가 되는 일이라면 쓸모는 역
할을 넘어 의미가 된다. 타인과 공유되며 쓸모는 힘을
얻고 무모할 것 같았던 일을 해볼 용기를 얻는다. 어
떤 쓸모가 의미를 가지기 위해 우리에게는 우리가 필
요하고 우리는 세상과 맞설 힘을 얻는다. 우리에게 문
학이 있는 이유.

　　대학생 때 도서관에서 시집, 소설을 읽으며 사회
에 저항하고 세상에 목소리를 내는 대목에 이를 때면
한참을 울었다. 이십 대의 나에게 1980년대 한국 시는
전성기였다. 전성기는 시간을 거듭해 바뀌기에 시가
사회에 큰 역할을 했다는 의미에서 1980년이 그랬다.
당시 시대가 지닌 특성상 고통이나 억압이 컸고, 시는
그 울분을 나타내기 좋은 형식이었다. 1989년 출간된
기형도 선생님의 시집은 오늘까지도 꾸준히 독자들에
게 읽힌다. 지금의 이십 대가 기형도 선생님의 시집을
들고 있는 모습을 발견하면 마음이 시큰하고 뭉클해
진다. 오늘을 사는 젊은 친구들이 영원히 모를 수 있
는 그 시대를, 역사를, 문학을 시집이 오롯이 남겨두
었기 때문에. 어떤 시집은 역사와 함께 한국 시단을 바
꾸어 놓았다. 대학교 2학년 무렵 도서관에서 처음 읽
었던 최승자 선생님의 시집은 아직도 내 방에서 나를
울린다. 나는 선생님 시집을 읽으며 자주 울고 다시 결
심한다. 1981년에 출간된 선생님의 시집은 한국 여성
에 대한 고정관념을 깨는 충격적이고 신선한 시집이었
는데 읽을수록 강인함 뒤에 숨은 서글픔이 선명해진
다. 선생님이 시집을 출간하신 뒤로 한국 시단에 여성

시인들이 등장하기 시작했다. 숨어 있던 여성의 목소리를 이끌어낸 시집, 혼잣말로 머물러 역사가 되었을지 모르는 많은 이야기가 전해진 시집이다. 문학의 쓸모를 어찌 사랑하지 않을 수 있을까.

대학교를 졸업하고 방송국에 취직해 방송작가로 일했다. 첫차와 막차만이 있었던 치열했던 시절, 늘 시집 몇 권을 껴안고 버스를 탔다. 보도 프로그램을 맡고 있었기에 매일 나는 세상의 부조리와 사회의 모순을 듣고 보고 써야 했다. 사회에 유해한 것들을 잔뜩 보고 하루를 마무리하면 시집을 펼쳐 무해한 문장들을 읽었다. 당시에는 처절하고 폭력적이었을 역사는 시간이 지나 시에 무해하게 남아 있었다. 이 무해함은 시가 주는 처절한 아름다움이라 가능했으며 시가 할 수 있는 무모한 용기가 만들어 냈을 것이다. 일주일을 쉴 수 있는 휴가가 오면 소설 몇 권을 들고 숨어 지냈다. 가족이 있는 지방으로 내려가거나 아무도 없는 마을에서 묵었다. 역사와 사건을 다룬 소설들과 며칠 지내면 그 시간을 가꾼 인물들을 만날 수 있었다. 인간들이 행하는 비인간적인 일들과 그럼에도 목소리를 냈던 문장들을 만나면 나는 다시 세상에 맞서고 싶어졌다. 몇 년간 사회를 보도하며 강자와 약자를 대비해 만나야 했던 나의 시간은, 그렇게 시집과 소설 속에서 희망을 발견하며 버텼다. 역사와 저항을 무해하게 만들 수 있다는 것, 문학이 아니면 무엇이 가능할까.

등단한 지 14년 차가 되어가지만 아직도 내게 등단이라는 말은 통과가 아닌 역할 같다. 대학생 때 수많은 문학을 읽으며 울던 나는 무모하게도 그 쓸모에 다가가고 싶었다. 나를 키운 문학이 그러하기에 당연히 그렇게 될 거라 생각했다. 자연스럽게. 문학과 사회는 분리될 수 없고, 그렇기에 문학을 하는 이는 사회를 어떤 방식으로든 사회 곳곳의 어둠을 문자로 녹여야 한다고 믿는다. 투고를 하던 2011년, 시 열 편을 안고 우체국으로 가던 그때나 지금이나 변함이 없다. 그때가 포부였다면 지금은 의무다. 내가 시인으로서 부끄럽지 않기 위한 의무. 그러나 아직 나는 나의 세계 안에서 끝없이 방황하고 주저앉으며 잠시 웃었다가 희망을 갖는다. 내가 나의 세계의 쓸모를 찾으면 내가 쓰는 시가 이 세상에 쓸모를 가지리라 믿으며. 아직 조금 더 방황이 남은 것 같다. 내가 나의 세계에서 긴 방황을 끝내는 날, 나도 누군가의 작은 세계에서 쓸모가 되는 문학을 하고 싶다. 지금 꿈은 그것 하나다.

누구나 자신의 세계에 산다. 그 세계를 오래 탐험한 후 문자로 기록하는 사람이라면, 문학을 하는 사람이라면 모두가 믿는 한 가지가 있다. 우리가 쓴 문장이 아주 작을지라도 세상을 누비다가 어딘가 앉게 되는 날 작은 쓸모가 싹을 틔울 것을. ● 문학 | 세상을 누비는 작은 쓸모의 씨앗

○

[명사] 1. 전혀 다른 것의 섞임이 없음 2. 시제가 없는 앳된 시간

멀지 않은 곳이었다고 말하면
아껴 온 진심이 소멸될까 봐
어린 나는 주소를 자꾸 잊어버렸다

– 「있을 법한 날」 중에서

　자란다는 것은 누구의 부름에 부응하는 걸까. 저마다의 속도로 자랄 수 있다면 어떤 기대도 실망도 없을 수 있을까. 인간이라면 대개 제때 알아야 할 것들에 대해 생각한다. 우리가 대강 그쯤이면 익혀온 것이 타인에게도 적당한 속도인지에 대해. 아이부터 배우게 되는 것은 대부분 타인들과 함께 살아가는 어른이 되기 위한 준비일지도 모른다. 함께 살아간다는 전제, 누구와도 어울린다는 전제 아래에서. 그러나 이 전제가 없다면 이 배움은 조금 더디게 되고 타인에게 이 속도는 이해하기 어려워진다. 그렇게 우리는 많은 어른 아이를 만나게 된다.

누군가에게는 안전하게 자라는 일이 누군가에게는 위태로울 따름일 수도 있겠다. 다 큰 아들을 공원에 데려온 노부부를 보며 생각했다. 벤치에 조용히 앉아 있어야 한다, 꽃은 꺾지 말아야 한다, 소리를 질러서는 안 된다 등 이십 대 아들에게 세상을 하나씩 알려주던 그들. 아들 옆에서 노는 다섯 살배기 아이와 비슷한 속도로 자라고 있는 아들에게. 덩치가 커서 작은 충동에도 주변인들을 접촉하게 되는 몸짓에 주위 어린아이들은 겁을 내거나 부모 몇은 자리를 재빠르게 피했다. 많은 이가 눈살을 찌푸릴 때 노부부는 온화하고 친절하게 아들에게 하나씩 일러주었다. 남이 싫어하는 행동은 하면 안 되는 거야, 엄마가 이렇게 하면 안 된다고 했지, 어제 선생님이 알려주신 대로 해보자. 몇 번 같은 말을 반복한 후 아들은 조금씩 노부부를 따라 하기 시작했다. 주변의 눈초리에도 그들은 아들을 믿었다. "잘했어, 아가야."

아들은 어떤 어린 시절을 지나왔을까. 노부부는

그를 안아 젖병을 물렸을 것이며 벽면에 단어를 붙여 하나씩 가르쳤을 것이다. 누구나 그렇게 비슷한 어린 시절을 지난다. 그 시간을 지나온 그는 지금 아이가 아니다. 그러나 많은 이의 눈에 그의 행동이 아이라면 그는 지금도 어린 시절을 지나는 것인가. 그렇다면 아이란 서투름이 얼마나 허용되는 때이며 어른은 제때 배워야 할 것을 익힌 상태여야 하는지. 아이와 어른의 경계를 생각해본 적이 없던 나는 순간 모든 기준이 모호해졌다.

노부부가 기억하는 갓난아기 아들의 울음소리, 세 살 아들의 서툰 그림, 이십 대 아이의 커져버린 몸에서 아들은 이미 어른일지도 모른다. 그들이 가르치는 세상의 질서가 비록 그의 나이와 맞지 않더라도. 아들이 노부부에게 불쑥 다가와 뽀뽀를 하고는 신발을 곱게 벗더니 다녀왔다며 맨바닥에 앉았다. 그렇게 어딘가를 잘 다녀온 아들의 발바닥을 그들은 휴지로 곱게 닦아주었다. 그들의 세상에 개입할 수 없는 이들이 그들을 바라보았다. 그들의 세상보다 큰 세상에서 나는 무엇을 배우며 지나왔으며 무엇을 익히지 못하고 크고 있나. 생각해야 했다. 평범한 세상을 사는 우리는 어른인가에 대해.

그들의 사고와 암호와 이해로 흘러가는 평온한 세상 앞에서 아들은 행복한 어른이었다. 우리가 이십 대인 그를 바라보는 시선이 없었다면 노부부의 오후가 더 평온했을지도. 우리가 그를 아이도 어른도 아닌 그대로 바라본다면 노부부는 그에게 세상을 좀더 차근차근 알려줄 수 있겠고. 저마다의 세상에서 아이는 행복하게 뛰어 놀고 어른은 아이를 행복의 나라로 데려갈 수 있으니까.

어른이 되지 못한 내가 있고 아이가 되어 가는 내가 있다. 어른은 아이의 종결이 아니며 아이는 어른의 애초가 아닐 것 같다. 우리는 어쩌면 영원히 아이와 어른의 나란한 선 위에서 아슬아슬하게 살아갈지도 모르니까. 가장 순박한 얼굴로 노부부에게 달려가 뽀뽀를 하던 그의 모습에서 나는 가장 앳된 어른을 만났다. 아들에게 말해주고 싶었다. 여러 이십 대의 얼굴이 이십 대를 대신하지 않는다는 것을. 그러니 한 사람의 이십 대는 고유의 이십 대라는 것을. ● 순수 | 시제가 없는 앳된 시간

○

[명사] 1. 가곡, 가요, 오페라 따위
로 불릴 것을 전제로 하여 쓰인 글
2. 자동 재생되는 그날들

적막보다 다정한 노래를 부를 수 있을까

여름이 여름으로 지나는 시간에
그럴듯한 속사정들이 서로를 붙잡는 밤이
있지

— 「다정한 여름」 중에서

누구에게나 음조가 있다면 같은 단어도 다른 뜻
을 가질 수 있을까. 안녕이라는 말에 헤어짐과 반가움
의 음조를 다르게 얹을 수 있다면. 어떤 이가 고독한
순간마다 부르던 노래 소절을 따라 부르며 생각했다.
노래의 음조는 그 단어를 완전히 껴안기도 하고 그 구
절을 완벽히 해석한다. 우리는 이렇게 가사들을 오래
흥얼거리며 기억한다.
　여름밤 술에 취해 검은 봉지를 들고 집으로 가는

이가 흥얼거리는 가사, 바다에 앉은 연인이 흥얼거리는 가사, 가을비가 내리는 날 카페 안에서 흘러나오는 곡에 몇이 함께 고개를 끄덕이는 가사까지. 제때에 우리는 자의 혹은 타의로 음악을 재생한다. 자동으로 재생되는 가사에 때로 속마음을 들키기도 하고 특별하거나 화려하지 않은 문장이 고백이 되기도 한다. 떨리는 목소리나 서글픈 한숨을 가사가 대신하기도 하고. 한 번은 시를 쓰다가 좋아하는 곡의 음에 시구절을 붙여 불러봤다. 평범한 문장이 가사가 되어 누군가의 가슴에 매일 존재하듯 시도 음조를 가질 수 있으면 좋겠다고 생각하면서.

엄마가 집 정원에서 채소들을 다듬을 때마다 흥얼거리는 노래가 있다. 여러 곡이 있는데 대개 시간이 지나는 일에 대한 가사이거나 그리운 마음을 표현한 가사다. 몇 년을 들어도 질리지 않는지 의문이 들어 엄마의 얼굴을 바라보면 엄마는 가느다랗고 작은 음성으로 성실히 가사를 읊고 있다. 나의 의문이 의미 없도록, 자신에게 하고 싶은 이야기 혹은 누군가에게 못 다한 이야기를 그렇게 가사에 기대어. 가사는 어쩌면 그리운 것이 없는지 물으면 늘 답이 없는 엄마에게 다시 태어나면 무엇으로 태어나고 싶으냐고 물으면 생각해본 적이 없다고 하는 엄마에게 그에 대한 답이 아닐까. 더 그리워질까 봐, 더 후회할까 봐 그래서 더 슬플까 봐 문장으로 할 수 없는 말.

아빠에게도 그렇게 답이 되는 가사가 있다. 엄마가 흥얼거리는 가사가 서정적이고 아련하다면 아빠의 가사는 어딘가 무겁다. 어떤 날은 아빠의 삼십 대 시절을 함께 이야기하던 중 대뜸 남자의 인생과 청춘을 말하는 노래를 부르시더니 옛날이야기는 그만 해도 된다고 했다. 가사에 그 시절이 반 이상은 담겨 있다는 뜻인지 남자는 길게 말하지 않는다는 뜻인지 모르겠지만. 그 뒤에도 그 노래는 아빠가 기분이 좋은 날이면 늘 재생되었다. 우리를 지켜야 했던 젊은 날, 커버린 우리에게 영원히 슈퍼맨이고 싶은 그의 고백이 말이다.

잊지 못할 연인이 있다. 신청곡을 받아 LP음반을 신청하면 틀어주는 술집에서 한 남자가 사연을 신청해 연인에게 고백을 한 날이었는데 노래가 나오자마자 그곳에 있는 많은 이가 함께 흥얼거렸다. 모두가 그녀에게 고백하는 느낌. 많은 이가 아는 노래는 이렇게 자동 재생되어 어떤 마음에 마음을 보태게 된다. 어떤 가사는 훨훨 날아 어디든 갈 것 같다.

감정이 마음에 난 길이 음조를 닮아서가 아닐까. 혼자 혹은 여럿에게 가사가 이토록 오래 멀리 머무는 이유가. 흔하고 소박한 문장이 음을 얻으면 감정이 되고 마음이 되는 것 같다. 그리하여 안녕이라는 이 두 글자가 어떤 이에게 고백이 되고 외침이 되고 다짐이 되는 것. 많은 이가 몇 년이 흘러도 흥얼거리는 가사들 대부분은 화려하거나 세련되지 않고 누구나 느낄 만한 평범한 이야기다. 우리 삶이 서로 닮아서 많은 이가 비슷한 마음의 음조를 쥐고 살기에.

엄마에게 아빠에게 연인에게 그리고 우리에게 닿은 음조는 평생 우리를 지킬지도 모른다. 아빠의 젊은 날 가사는 환갑을 훌쩍 넘은 아빠의 어느 밤을 지킬 테니까. 그 가사에는 사랑을 고백하는 음조와 사랑을 보내는 음조가 있었을 거다. 그 모든 사랑의 음조가 이제 나에게만 향한다는 생각을 하면 가끔 아빠가 가엾다. 젊음을 지나 느긋해진 삶을 살아가는 한 남자의 생이. 그럼에도 그의 젊음을 그대로 그 자리에 두는 가사와 음조가 있는 한, 나는 그의 가여움을 조금 더 존중할 수 있게 된다. 한 인터뷰에서 어떤 시를

쓰고 싶은가 질문을 받은 적이 있다. 한참 생각하다가 떠오른 단어는 가사였다. 가사 같은 시를 쓰고 싶다고. 십 년이 지나도 어딘가를 날아 누군가에게 도착할 수 있다면, 단 한 사람이 늦은 밤 혼자 걷는 순간 생각나는 시가 된다면 그것이면 됐다는 생각. 어느 밤길에서 쉽게 들리는 가사처럼 화려하거나 특별하지 않아서 누구의 삶에나 있을 법한 이야기였으면 좋겠다. 단 한 줄의 시가 아주 멀리서 불현듯 누군가를 찾아가길 바라는 마음으로. ● 가사 | 자동 재생되는 그날들

접어둔 서사를 다시 이어 읽으며

○

[명사] 1. 벌어져 사이가 난 자리
2. 유영하는 시작의 자리

사람의 숲에서 빠져 나왔다

우리는 이제
가장 순수한 모순을 이야기하기로 했지

– 「순수한 모순」 중에서

어딘가를 새어나오는 존재들이 좋다. 벽과 벽 사이를 비집고 흐르는 빛이나 갈라진 땅의 작은 균열에서 피어난 잎 같은 것. 자신보다 크고 강한 가림에 굴복하지 않는 듯 하나 나타나는 모습이 어딘가 조심스럽고 찰나인 것. 아무것도 없는 광활한 평지를 택하면 자신의 존재를 쉬이 내보일 수 있는데 그들은 새어나오는 쪽을 택한다.

새어나오는 우리들도 있다. 현실과 꿈 사이에 두

는 우리의 작은 노력이나 희망과 절망 사이에서 일어나는 우리. 우리는 그것을 비집는다고 말한다. 한쪽에 기울 수밖에 없으나 시간을 들여 기어코 비집고 들어간다. 우리는 그렇게 끊임없이 새어나온다.

새어나오는 것들의 자리는 틈이 아닐까. 외롭고 고립된 작은 면적 같은 이 단어는 여린 존재의 애쓰는 성장 같아서 관심을 두기 시작했다. 오래 지켜보면 그 여린 존재의 성장은 강했다. 느리지만 분주하며 조용하나 성실한 성장. 내가 틈이라는 단어를 오래 좋아한 이유인 것 같다. 이중적인 이 단어는 어떤 존재가 고독하지만 숨지 않는 노력 같다.

사람 속에 파묻히고 싶어 사람들 속을 찾고는 도망치듯 빠져나온 적이 많았다. 사람이 그리운 적은 많이 없으나 간혹 그런 날이 오면 나약해진 나에게서 이유를 찾았다. 그렇게 도망치듯 나와 길을 걸으며 나를 자책했다. 시를 쓰기 시작한 이십 대 시절을 되뇌며 혼자임이 충분하지 않을 이유가 없다고 나를 채찍질했다. 시를 쓰기 시작했던 때는 남에게서 나를 찾는 일은 내가 가장 경시해야 할 일이라 생각했으니까.

몇 해 전 문학상 시상식이 열린 날이었다. 친한 선

배가 수상자였기에 기쁜 마음으로 좋아하는 꽃을 골라 시상식장으로 갔다. 시상식 중에 사람들이 점점 늘어났고 숨이 가빠졌다. 그렇게 시상식이 끝나자마자 선배에게 꽃다발만 전하고 급히 그곳을 나왔다. 선배에게 정말 하고 싶은 말이 많았는데, 수상 시집에서 내가 좋아하는 시를 직접 말해주고 싶었는데, 아무것도 하지 못했다. 그렇게 시상식장에서 나와 추운 겨울 강남 한복판을 걸으며 그냥 울었다. 틈을 그리워하고 두려워하면서.

그후 얼마 뒤 '그날의 틈에서 빠져나왔다'와 '그해 틈 사이에서 당신을 부른다'라는 문장을 썼다. 내가 원하는 틈은 무엇인가에 대해 알고 싶었다. 이 두 문장의 간극에 대해 알아야 했다. 그날의 틈을 빠져나와 그해의 틈으로 간다는 것에 대해. 틈에서 지독하게 도망치고 싶은 것인지 작은 틈 사이에서 살아나 주기를 바라는지 알고 싶었다.

틈을 곱씹었고 생각했다. 벌어져 사이가 난 자리, 모여 있는 사람의 속, 생각을 다른 데로 돌릴 수 있는 시간적인 여유. 틈의 세 가지 사전적 의미다. 세 가지를 우리의 틈에 빗대어 보면 이렇지 않을까. 멀어지다가, 품으로 들어가다가, 존재를 잊기. 한 존재가 사람을 사랑하고 잊는 감정이, 한 생명이 세상으로 나갔다가 돌아오는 절기가, 한 사건이 저마다 해석되다가 오해되는 과정이 모두 틈이라는 생각. 거대하고 소박하며 산뜻하며 쓸쓸한 이 기운. 틈은 어쩌면 모든 이야기의 시작이자 끝이 가진 뉘앙스일지도.

시를 쓰는 일은 틈을 만들고 내어주는 일 같다. 틈의 뉘앙스로. 모든 틈을 빠져나와 완벽하게 고립되어 시를 쓴다. 틈에서 배회하던 그곳에서는 할 수 없던 이야기를 쓴다. 들키고 싶지 않아서 나만 알도록 쓴다. 그러나 시를 쓰는 동안 스르르 나는 어떤 틈으로 들어간다. 도망치고 싶었던 곳의 틈, 다시 살고 싶지 않은 시간의 틈으로 다시 가 있다. 잊기 위해 쓰나 기억해야 하는 것들의 틈. 시를 쓰고 나서야 알게 된다. 달아나고 싶었던 마음은 회상하겠다는 결심이었음을. 시를 사랑하는 우리는 아마 이 틈을 모두 아낄 것이다. 이 틈에서 우리는 흩어졌다 모이며 결국 하나가 되니까.

틈에서 새어나오는 것과 틈을 빠져나오는 것이 크게 다르지 않다는 것을 이제 알 것 같다. 각각 혼자

만 들어갈 수 있는 틈이 빽빽하게 모여 틈이 만들어지면 우리는 그 틈에 모일 것이며 다시 그 틈에서 흩어질 것이다. 이것이 틈의 뉘앙스라고. ● 틈 | 유영하는 시작의 자리

○

[명사] 1. 문장 내용 중에서 주의가
미쳐야 할 곳이나 중요한 부분을
특별히 드러내 보일 때 쓴다 2. 오
래 담고 되뇌어온 마음들

밑줄을 모아 잊어버릴 편지를 쓰고
편지를 모아 잃어버리지 않을 시를 쓰고

잃어버린 첫줄은 다시 태어납니다

– 「밑줄 긋는 밤」 중에서

불쑥 꺼낸 마음은 다른 마음을 다치게 하며 다듬
어지지 않은 마음은 다른 마음에게 섣불리 닿기도 한
다. 거짓된 마음이 아닐지라도 어떤 마음은 생경한 상
태로 떠돌기에. 시를 읽고 쓰는 이들을 만나면 그런
마음들이 유영하는 시간을 자주 가까이에서 본다.
열 명, 스무 명이 넘는 이들을 만나 시 이야기를
하다 보면 인원이 많음에도 대개 시간이 고요하다. 많
은 생각을 담고 이곳까지 왔을 텐데, 나누고 싶은 이

야기가 많아서 시간을 내어 온 것일 텐데 고요한 그들이 처음에는 낯설었다. 그들의 말 대신 많은 말풍선이 그 공간의 천장을 가득 채웠다. 나만 말을 하고 건네는 중에도 과연 시의 말이 그들에게 닿을까 의문이 들면서.

고요한 그 시간에도 그들의 손과 눈은 분주했다. 하고 싶은 말과 듣고 싶은 말을 시집과 눈동자에 모두 담으려는 것처럼. 쉴 새 없이 연필이 움직이는 손에서, 연달아 그어지는 밑줄에서, 흠뻑 시를 느끼고 있다는 고개를 보며 그렇게 말을 건네기 어려운 성격이 말을 건네는 방식을 하나씩 알아갔다. 밑줄이 그어지는 소리들이 하나씩 모여 사각사각 그들이 마치 대화를 나누는 것 같았다. 시끄러운 마음의 소리를 닮은 대화들.

언제든 준비된 마음은 밑줄을 닮지 않았을까. 오래 담아온, 혼자 몇십 번을 되뇌었을 마음. 어느 날은 그들을 만나고 집에 돌아오며 생각했다. 잘 다듬어진 모나지 않은 말을 전하기 어려운 이들이 얼마나 많을지에 대해. 그들의 밑줄은 매일 몇 번이고 그들의 마음에 읽히고 안길지에 대해. 그 밑줄을 그들의 밖으로 꺼내주고 싶어졌다. 그래서 나는 꽤 서로에게 친숙해진 후 밑줄들을 위한 시간을 만들기로 했다.

추운 겨울밤이었다. 그날도 밑줄을 한가득 안고 모인 그들에게 서로의 밑줄을 바꿔 읽어 보자고 했다. 열 명이 넘는 이들이 가져온 시집을 모두 모았다. 같은 시집을 읽기 위한 자리였기에 열 권이 같은 시집이었지만 각자의 밑줄이 만든 시집은 모두 다른 시집이었다. 무작위로 하나씩 시집을 가져가 밑줄을 읽는 시간이 시작되었다. 생소해하는 그들의 표정을 보며 한참을 기다렸다. 다른 이의 세상에 잠시 들어가 주었으면, 다른 이의 마음을 솔직하게 읽어주었으면 바랐다. 한 편의 시에서 나의 마음을 두드린 골목에 오래 머물렀으니 다른 이의 골목에서 내가 모르는 세상이 많다는 것을 알았으면 했다. 나 또한 다른 이의 세계에 침입하는 것을 어려워하는 편이기에 그들의 마음을 잘 알 것 같았다. 그러나 시를 사랑하는 우리는 타인의 세계를 궁금해하는 이들이라는 것을 안다. 차근차근 천천히 우리는 타인의 밑줄을 읽고 머무르며 마음을 침범했다. 시집을 바꿔 읽는 시간이 끝난 후 나는 아무것도 묻지 않았다. 그저 생경하고 아름다운 시간이었기를 바라면서.

우리는 나에게 유리한 자리에 서서 그날 필요한 마음을 찾고 싶어 한다. 그러나 그 온화하고 안정된 세계는 우리를 더 작은 세계에 살게 할지도 모른다. 내가 그은 밑줄은 나만의 위로이고 나만의 미래니까. 다른 밑줄이 침범하기 어려운 세계를 계속 쌓아갈 뿐. 다른 세계에 침범해야 하는 이유를 말해주고 싶었다. 다른 이의 밑줄에서 생각지 못한 희망을 발견하며 다시 사랑하고 싶은 나를 찾을 수 있을 테니. 다른 이가 지독하게 아끼고 품어온 밑줄은 그 사람의 아픔이자 성장이자 삶이니까.

나만의 밑줄로 하루를 이기고 버티며 이어가는 이들에게 응원을 보낸다. 희미하게 바랐던 것이 밑줄에서 조금씩 선연하게 드러날 때 문득 스치는 용기를 함께 믿고 싶다. 우리가 누군가의 밑줄로 계절을 보내 듯 우리가 누군가의 밑줄이 되어 오지 않을 계절을 잠시 마련해줄 수 있기를. ● 밑줄 | 오래 담고 되뇌어온 마음들

○

[명사] 1. 종이를 여러 장 묶어 맨 물건 2. 잊고 기록하고 재생되는 흔적

헤아릴 수 없는 말을 갖고 싶어서

수백 개 책갈피가 우리를 통과했겠지

- 「우리의 책갈피」 중에서

책장을 서성이는 일은 내게 현실을 잊기 위한 산책이다. 목적이 있지 않고 순수하게 책을 원하는 시간인 경우에 그렇다. 원고를 쓰다가 자료를 찾거나 수업을 준비할 때는 책 속에서 무언가를 찾아야 하기에 순수하게 책을 원할 수가 없다. 내가 내 상태와 감정의 이유를 설명할 수 있을 때도 그렇다. 우리는 기분과 상태에 따라 내게 필요한 문장의 무드를 안다. 그 무드가 어떤 날은 애틋한 소설을 찾게 하고 어떤 날은 서러운 산문을 찾게 한다. 내 감정을 일으키거나 잠재울 만한 문장을 만나야 하기에 이때도 독서는 꽤 바라는 게 생긴다. 내가 독서 시간을 산책이라고 느낄 때는 그 어떤 목적과 이유도 없이 무엇이 가득한 날이 며칠 지속되고 있을 때다. 어떤 슬픔이나 근심이 없이 무미건조한, 그러나 현실의 말들과 생각들에게서 벗어나고 싶은 때.

아무 생각을 하고 싶지 않아 아무 생각 없이 책을 편다. 목적이 없고 책을 펼 여유가 있는 상태라는 것은 지낼 만한 날이다. 지낼 만한 날이라 하더라도 마음이 빈 곳 없이 꽉 차 있다는 것은 결코 아니다. 지낼 만한 날에 할 수 있는 수많은 것 중 독서라는 아주 정적이고 고독한 이 행위를 택했기에. 책을 펼쳤다는 것만으로 우리는 머물 곳이 필요하다는 이유를 갖는다. 글을 쓰는 직업이기에 책을 찾고 읽는다는 것은 일과이다. 그러나 이렇게 지낼 만한 날에 책을 펼칠 때는 늘 생각한다. 지금 내가 머물 곳이 왜 필요한지에 대해.

그 이유에 대해 오래 전부터 생각하다가 그 답을 조금은 찾은 날이 있다. 그저 손이 가서 책장에서

집어 든 어떤 산문을 읽었던 날, 신호등이라는 단어
를 보고 한참을 생각했다. 목차를 보니 흥미진진한 이
야기가 한가득이었는데 그걸 알고도 산문 초반에 등
장한 신호등에 멈췄다. 대개 가로로 되어 있는 신호등
이 아닌 세로로 된 신호등에 대한 이야기였다. 세로로
된 신호등은 옆을 보며 가야 할 텐데 하는 생각이 들
자 바로 외투를 찾아 입고는 밖으로 나갔다. 가로로
된 평범한 신호등 앞에서 한참 서 있었다. 아파트 주
민들이 신호등을 부지런히 건너는 틈에 가만히 서 있
으니 지나가던 할아버지가 신호가 바뀌었다고 어서 건
너라고 어깨를 툭 치셨다. 아랑곳하지 않고 한참을 서
있다가 옆을 보며 한 바퀴를 걷고 다시 들어왔다. 그
러다 문득 몇 해 전 프라하에서 찍은 사진이 생각났다.
프라하 카를교를 걷다가 다리 옆의 강변 풍경에 반해
옆만 보며 걷던 나의 모습. 노트북을 열고 한참을 헤
매다 사진을 찾고는 옆을 보는 일에 대해 생각했다.
책을 펼칠 때는 한낮이었는데 신호등을 찾아 밖을 헤
매고 사진을 찾고 나니 저녁노을이 다가오고 있었다.
왜 나는 신호등에 멈추었을까, 왜 바로 나가서 옆을
보았을까, 왜 오래전 그랬던 사진 속의 나를 만나고

싶었던 걸까. 분명한 이유를 찾지는 못했지만 마음이 그리워했던 것이 무엇인지 희미하게 알 것도 같았다. 아무 이유 없이 책을 펼친 날에 내가 머물고 싶던 무드가 무엇인지에 대해.

잊고 싶었거나 잊었다고 생각했던 것은 늘 책 안에 살아 있다. 내가 그것을 잊었어도 책 속에서 누군가가 그것을 회상하고 있고, 잊었다고 생각한 것은 책 속에서 다시 줄을 서 살아갈 준비를 하고 있다. 기록이라는 단어가 책의 기능이라고 한다면 공허한 마음은 이 기능에 아주 잘 흔들리는 존재인 것.

책은 그런 산책이다. 목적과 이유 없이 펼치면 욕망을 알게 되는 것. 설명할 수 없는 목적과 해석되지 않는 이유에도 욕망은 있을 수 있다. 욕망은 부족을 느껴 무엇을 가지거나 누리고자 하는 마음을 뜻하는데, 이 부족에는 이유가 없고 마음에는 이유가 있을지도 모른다. 마음에 빈 곳이 있어 헤매다 책을 찾는 이들이라면 갖게 되는 어둠의 기저 말이다. 글을 쓰는 동료들을 만날 때 자주 하는 이야기가 있다. 문학을 하는 사람만이 아는 감정이 있다는 것. 이 감정은 특별한 사건이나 변화가 없이도 주기적으로 갖게 되는 어둠인데 고독, 외로움, 쓸쓸함 같은 것 아닐까 싶다. 이 어둠은 우리에게 늘 있지만 있음이 싫지 않기에 기쁨, 행복의 반댓말이 아니다. 있음으로 나에게 집중할 수 있기에 어쩌면 무조건적인 어둠일지도 모르겠다. 가끔은 기쁨, 행복보다 잔잔한 어둠이 우리를 살게 하는 것 같다는 생각이 든다. 적어도 어딘가 부족해 책을 자주 펼치는 이들에게는 말이다.

가끔은 책이 있는 한 기억이 영원히 사라질 수 없을 것 같다는 생각이 든다. 기억하고 싶지 않은 것도, 기억하고 싶었던 것도 어떻게든 돌고 돌아 책에서 만나기에. 이렇게 돌고 돌면 우리는 모두 같은 기억 하나쯤은 공유하게 되는 것 아닐까. 누군가는 쓰고 누군가는 읽으면서. ● 책 | 잊고 기록하고 재생되는 흔적

○

[명사] 1. 어둠 속에서 빛을 냄. 또는 그런 물건 2. 우리가 낮을 모아 두는 법

시에서 나는 몇 번이나 죽었다 깨어난다
절망하고 일어서는 내가 좋아진다
갚지 않아도 되는 꿈을 가진 아이처럼

- 「내가 되는 날」 중에서

낮은 많은 사람과 소리가 존재하는 시간이다. 그
만큼 많은 이야기가 살아 움직인다. 고요하고 싶은 이
들에게 낮은 자신을 숨기기 좋은 때이며 이것은 자신
에게 집중하고 싶은 이들이 밤을 기다리는 이유가 될
지도 모르겠다. 낮의 거리를 채운 사람들이 하나둘 사
라지고 밤이 오면 고요한 세계에 사는 이들이 하나둘
깨어난다. 별이 뜨는 시간이 되면 저마다 생각거리를
안고 혼자 방 안에 깨어 있는 이들.

야광이 붙은 물건들을 좋아했다. 대학교 기숙
사 천장에도 서랍에도 책에도 야광 스티커를 붙여두
었다. 책상에 야광 시계를 두고 가방에는 야광 볼펜을
넣어 다녔다. 기운이 빠진 밤이 되어 야광 물건들을 발
견할 때면 이상하게 충전이 되는 기분이 들었다. 끌어
모은다는 말의 의미를 야광의 세계에서 눈으로 이해
한 것 같다.

내 주변에는 밤이 더 익숙한 이들이 많다. 그들
은 대체로 문학을 하고 음악을 하고 그림을 그리는
이들인데 낮과 밤이 바뀐 이들이라고 단순하게 분류
하기에는 그들은 밤을 너무나 사랑한다. 낮밤이 바뀌
었다는 뉘앙스로 나태함과 게으름으로 그들을 설명
해서는 안 된다. 밤을 바꾸어 사는 것이 아니라 밤이
필요한 이들이기에. 밤을 기다리는 사람들.

여러 지인 중 나와 유독 가까운 이들은 주로 문
학을 한다. 나를 포함해 그들이 낮을 살지 않는 것은
아니다. 낮에도 나름 성실하게 사람을 보고 탐구하며
쓴다. 누구보다 바쁜 낮을 사는 시기도 많다. 새로 책
을 내거나 연재를 시작하면 여러 사람을 만나 작품을
이야기하고 인터뷰하고 수업을 한다. 때때로 만나는

특이한 인간상을 메모하고 어떤 인간상은 굳이 기억하려 하지 않아도 머리에 박힌다. 그렇게 사람들 사이에서 낮을 가득 채우며 보내고 나면 저녁부터 밤을 기다린다. 세상에 휩쓸리기 전에 빠져나오고 싶어서, 휩쓸린 것에 익숙해지기 전에 쓰고 싶어서, 결국 나는 나와 둘만 있고 싶어서.

낮보다는 밤이 어울리는 우리지만 낮을 꽤 성실히 살아간다. 문학이 세상의 밖에 살 수 없다는 걸 알기에, 내가 나의 안에서만 살면 안 된다는 걸 알기에. 그렇게 대학교 시절에 좋아했던 끌어모은다는 말의 뜻을 생각하면서 낮의 빛을 끌어모은다. 그리고 늦은 밤이 되면 방에 들어선다. 우리만의 야광 스티커를 하나씩 가지고서.

사람들 사이에서 웃고 떠들며 가득 채워진 날일수록 밤이 귀해진다. 늦은 밤 방에 앉아 다시 나를 들여다보기 시작한다. 이야기에 휩쓸려 나를 속이지 않았는지, 이야기에 속아 다시 믿지 않았는지 불안해진다. 일로 만나는 이들은 시시콜콜하고 쓸데없는 이야기를 나눠도 부끄럽지 않은 사이가 아니기에. 문학을 하는 일이 자신을 검열해야 하는 일이라고 생각하고 싶지 않지만, 필요하다는 것을 안다. 밤이 필요한 이유는 거기에 있으니까. 책을 읽거나 생각하고 원고를 쓰다가 남은 생각을 마무리하다 보면 새벽이 온다. 공허하면서도 뿌듯한 이상한 마음의 시간. 할 일을 한 것 같은 마음과 세상에 나 혼자인 듯한 마음에 창문을 열어 바깥을 바라보면 가까이 혹은 저 멀리 불이 켜진 창가들이 보인다. 묵묵하게 빛나는 그들의 시간. 또 이상한 위로와 동지애를 느낀다. 모두가 자신만의 야광 스티커를 하나씩 안고 밤을 지새고 있겠지, 어떤 고민과 생각의 끝을 헤매고 있겠지 생각하면 나의 밤이 조금 덜 고달파진다. 그렇게 사랑하는 이들의 밤을 생각해본다. 소설을 쓰고 계실 사랑하는 K소설가 선생님의 밤, 시를 쓰고 있을 순수한 동료 L의 밤, 새벽 4시에 가장 생생할 평론가 N의 밤까지. 밤을 함께 보내고 있다는 믿음은 저 먼 곳을 짐작하게 하며 가까운 이들을 끌어모은다. 우리는 이렇게 밤을 각자 또 같이 지나가는 중이다.

여행을 떠날 때 종종 야광 물건을 하나씩 챙겨 다닌다. 낮을 조금 나태하고 느슨하게 보냈다는 자책감이 들 때면 야광 물건을 꺼내 그가 모은 낮의 빛들을 본다. 그러면 나는 나를 조금 더 믿게 된다. 낮에 빛을 흡수했다가 밤에 빛을 내뱉는 야광처럼 우리는 꽤 성실하게 낮을 잘 모아두었을 거라고. 그리하여 불현듯 어느 밤에 그 빛이 선연하게 새어 나올 것임을.

● 야광 | 우리가 낮을 모아두는 법

○

[명사] 1. 아무런 인과 관계가 없이 뜻하지 아니하게 일어난 일 2. 완벽한 서사의 불가능성

한 세계가 불평등한 기분은 참 조용하지
모든 생일과 죽음이 한 평의 세계이듯

- 「읽다 만 책」 중에서

　층층이 쌓아 올린 케이크가 무너지는 모습이 며
칠 머릿속에서 떠나지 않았던 적이 있다. 이유는 모르
겠으나 시간이 지나며 흐물흐물하게 사라지는 모습
이 축 처진 사람 모습 같기도 해서 누군가가 떠오르기
도 했고 속절없이 녹아간다는 것이 가장 무서운 모양
이구나 느낀 것 같다. 케이크의 물성이 아니라면 다듬
거나 들어올리는 것이라도 어떻게 해보겠건만 순식간
에 변해가는 케이크 모양 앞에서 어떤 장면은 인과 관

계가 아닌 흐름이 될 수도 있다는 생각이 들었다. 전과 후가 만들어지는 것이 아주 자연스러운 흐름. 그 흐름이 속수무책이라면 그날은 악몽이겠지만 그 흐름이 유연하다면 반가운 개입일 수도 있겠다.

버스 창가로 아주 큰 트로트 노래가 들렸다. 깜짝 놀라 잠이 깼다. 무슨 노래를 그렇게 크게 크는지 옆 차에 따가운 눈빛을 보낼 수 없었던 것은 그 트로트가 나의 정오 콜이 되었기 때문. 버스에서 어찌나 그렇게 깊고 개운하게 잤는지 그런 숙면은 오랜만이었다. 원고 마감을 하느라 며칠 밤을 새고 회의를 다녀오던 버스였다. 얼마나 잠든 것인지 이미 내릴 곳을 한참 지난 듯 승객은 나를 포함해 두 명이고 창밖 풍경은 도심을 빠져나가고 있었다. 일단 내렸다. 굳이 찾아보지 않아도 한참 멀리 왔다는 건 알겠으니 반대편 버스를 기다리고 있었다. 그러다 반대편 해바라기 밭에서 웨딩 촬영을 하고 있는 남녀가 보였다. 사람이 드문 조용한 정류장이라 카메라 셔터 소리가 선명하게 들려 자꾸 그쪽으로 시선이 갔다. 길을 잃은 나와 반대편에서 길을 가는 두 사람.

갑자기 여우비가 내렸다. 평화롭기만 하던 반대

편의 장면이 분주해지기 시작했다. 사진을 촬영하는
기사는 서둘러 카메라를 정리했고 드레스를 입은 여
인은 서둘러 면사포를 가릴 만한 것을 찾는 듯 보였
다. 반대편으로 무작정 뛰었다. 가방에 있던 시선집을
꺼내 얼른 여인의 머리를 가려주었다. 정수리만 가릴
수 있는 정도의 작은 시선집이었음에도 고맙다며 연신
인사를 건네던 남녀. 그들은 담요를 찾아 머리를 가렸
다. 두 사람이 덮으면 꼭 맞는 크기의 담요. 길을 잃어
도 둘은 함께임을 연습이라도 하듯이. 그들이 만든 담
요 지붕 덕인지 여우비가 금세 그쳤다. 결혼 축하한다
는 말을 하고는 돌아서려는데 남녀가 잠시 시선집을
봐도 되는지 물었다. 남녀가 시선집을 넘기는데 잠시
쉬던 카메라 셔터 소리가 들렸다. 시선집을 보는 두 사
람. 여우비에 여인의 면사포가 살짝 젖은 모습이 오늘
아침에 그 시선집에서 본 한 문장과 닮아 있었다. 예상
하지 못했던 서사를 담기라도 하듯이 카메라 셔터 소
리가 바빠졌다.

　　하나의 시에 한참 시선을 머물던 남자가 휴대폰
메모장에 문장을 받아쓰고는 다시 시선집을 돌려주
었다. 생각지 못한 장면을 담을 수 있었다고 고맙다

고 했다. 그 사이 버스는 몇 번이나 지나갔을 거다. 그런데도 이상하게 그 자리를 떠나고 싶지 않았다. 내가 지금 왜 여기에 있는지는 중요하지 않았다. 차라리 인과 관계를 잊고 싶었다. 설명할 수 있지만 설명하지 않아서 좋은 지각이 있는 것처럼. 그렇게 돌아서서 버스를 기다렸다. 아무 말도 들리지 않는 이의 심정이 담긴 그 시가 그 둘에게 어떤 지표가 되어줄지 궁금해하면서. 괜스레 기분이 묘했다. 내가 누구에게 우연히 관여했다는 것이. 내가 멀리해온 개입이 아닌 플롯 없는 관여.

개입이라는 단어가 부담스럽다. 글 쓰는 직업으로 살면서 작게는 책을 추천해달라는 지인의 말에도 한참을 고민하게 된다. 글의 힘을 알기에, 글의 여운을 존중하기에 더 그렇다. 크게는 등단을 꿈꾸는 학생들의 고민을 들어줄 때인데 내가 그들의 고민에 답하는 것이 함부로 개입으로 자리잡을까 봐 쉽지 않다. 어쩌면 개입이라는 단어가 어떤 인과 관계와 밀접한 관련이 있다고 잘못 생각한 건 아닐까. 그저 좋은 기운, 괜찮은 기분으로 관여한다고 생각하면 마음이 한결 가벼워진다.

가끔 그날을 떠올린다. 여우비가 그치고 집으로 돌아오는 버스 안에서 문득 이렇게 흐른 하루가 꽤 괜찮다는 생각을 했다. 버스에서 잠든 내게 정오 콜이 되어준 트로트 한 소절을 흥얼거리기도 했다. 그 트로트 한 구절이 몇 장면을 거쳐 어느 두 사람에게 한 편의 시를 주었다는 것. 누구도 만들어 두지 않은 인과 관계와 누구도 만들 수 없는 인과 관계를 빼면 세상에는 우연만이 남지 않을까. 누구도 도입이 되지 않으며 누구도 결말이 되지 않는 문학이 있다면 우연만이 가능할 것 같다. 우리가 아무리 괜찮은 플롯에 삶을 두어도, 그 플롯을 뒤바꾸는 우연 앞에서는 우연을 이길 플롯은 없음을. ● 우연 | 완벽한 서사의 불가능성

○

[명사]　1. 지붕의 위. 현대식 양옥 건물에서 마당처럼 평평하게 만든 지붕 위를 이른다　2. 조금 높은 곳에서 배운 세계

돌아갈 수 없는 날들의 일기를 줍다가
달이 뜨면 기지개를 켜고 낮잠을 잤다

노력에 가까운 문장들이 있었다

－「모아둔 밤」 중에서

열여섯 살 무렵의 여름방학. 문득 내가 오를 수 있는 가장 높은 곳에 오르고 싶다는 생각이 들었다. 조금 더 명확히 말하자면 다른 사람이 찾기 어려운 곳에 나만의 세계를 꾸려놓고 싶다는 생각이었다. 집은 너무 개방적이고 어린 내가 직접 찾으러 나설 수는 없으니 만만한 곳 중에 골랐고 그곳은 외할머니집 옥상이었다. 나의 첫 작은 세계.

그해 여름방학에 처음 혼자 올라가 옥상 문을 열

었던 그 순간을 잊을 수 없다. 새집을 장만한 사람 마냥 뿌듯하게 아래를 내려다봤다. 늘 올려보던 어른들의 얼굴이 전부 내 발 아래에 있는 게 이상하면서 재밌었다. 옥상에서 내려다보는 인간의 모든 모습은 정수리였는데 정수리들이 어디로 향하는지를 지켜보는 일은 레고 캐릭터들이 돌아다니는 세상을 보는 것 같았다. 정수리들을 따라가다 보면 작은 동네에 수많은 길이 뻗어나갔다. 저렇게 길이 많구나, 저 사람들은 다 어디로 갈까, 저 끝에는 무엇이 있을까 등 내가 길을 걸을 때 한 번도 느껴보지 못한 느낌. 그것은 세상이 조금 복잡할 수도 있다는 생각이었다. 나의 작은 세계를 만들려다 복잡한 세계를 만난 날이었다.

복잡한 세계를 처음 만난 그날 밤을 기억한다. 옥상에서 내려와 집에 앉아 있는데 이상하고 신기한 기분이 들기 시작했다. 지금 내가 있는 곳이 너무 낮다는 느낌. 어른이 되기 전 나는 아직 많이 커야 할 것 같고 그 기준은 세상이 정한다고 생각했다. 그런데 나는 꽤 높은 곳에서 아래를 내려다볼 수 있었고 어른들의 움직임을 관찰하면서 내가 나의 미래를 조금은 예측할 수 있을 것 같다는 자신감이 생겼다.

그때는 그 느낌과 자신감을 어떤 문장으로 정의하기가 힘들었는데, 지금 생각해 보면 타인의 시선에서부터 자유로워진 상태였던 것 같다. 누가 나에게 그런 따가운 시선을 주었는지 물으면 짐을 준 사람은 없었던 것 같다. 그러나 좋은 어른이 되기 위한 세상의 샘플이 있는 것 같았다. 십 대는 어떤 생각을 해야 하고 세상을 어떻게 희망해야 하는지에 대한. 그러나 중학교 문예반에서 시집을 읽고 소설책을 읽다 보면 세상은 그런 곳이 아니었다. 내가 바라보는 세상이 있는데 어른들은 세상을 이렇게 봐야 한다고 하니 혼란스러웠다. 정확히는 십 대에 보는 세상에 혼란스러웠을 거다. 그러나 그 혼란스러움은 옥상으로 타고 올라오던 담배 연기에서 조금 해소되었다. 옥상에서 바라본 수많은 담배 연기와 축 처진 어깨는 어른들의 세상이 특별한 게 없다는 걸 말해주었으니. 어른의 한숨을 오래 듣고 있으면 어른의 세계가 그렇게 거창하지 않다는 생각이 들었다. 차리리 고단함 같았다. 그래서 나는 편안히 내 마음대로 세상을 좋아하고 미워하기로 했다. 그날부터 외할머니집에 머무르는 일주일 동안 매일 나의 세계, 옥상을 드나들기 시작했다.

그 뒤로 이따금씩 옥상에 숨겨둔 내 공간을 그리워했다. 열여섯 살의 여름, 내가 옥상을 내 집처럼 수없이 오르지 않았더라면 과연 사람을 사랑할 수 있었을까, 세상을 구경할 용기를 가질 수 있었을까, 이 세상에 나의 세계를 언제든 지을 수 있다는 위안을 간직할 수 있었을까. 옥상에서 바라본 수십 개 창문을 잊지 않기로 한다. 짜릿하고도 겁났으며 대부분은 설레던 훔쳐보기는 지금 내가 시를 쓰는 새벽에 불이 켜진 옆 아파트를 관찰하는 용기를 주었기에. 옥상 위에 서서 처음 수십 명을 내려다본 날을 잊지 않기로 한다. 말없이 걷는 이들이 말하는 삶과 길이 세상 밖에 있을지 모른다는 것을 지금도 믿게 해주었기에.

한 번씩 갑갑한 날이면 옥상에 오른다. 내가 세상을 믿지 않아도 된다는 믿음을 준 그곳에서 다시 시를 쓸 이유를 찾기 위해. ● 옥상 | 조금 높은 곳에서 배운 세계

○

[명사] 1. 몸을 싸서 가리거나 보호
하기 위하여 피륙 따위로 만들어
입는 물건 2. 손에 꼭 쥔 어린 나

꿈속이라고 믿으면 눈물을 낭비해도 될 것
같아

내일 펼쳐보지 않으면 되는 비밀 같은 것

- 「비밀의 면」 중에서

열세 살 무렵 우연히 오빠와 숨바꼭질을 하다 옷
장 안에 숨었던 날. 그 무섭고도 안정적인 느낌을 잊
을 수가 없다. 몸을 떨면서도 나가고 싶지는 않았던
그 이상한 시간을. 그때부터 종종 그 고요하고 어둑
한 곳을 찾았다.
　나는 자주 그곳에 자발적으로 들어갔다. 아무도
숨으라고 하지 않아도, 술래가 없어도 나는 나를 자
주 숨겼다. 오빠가 방에서 숙제를 하거나 엄마가 저녁

밥을 짓는 시간마다 틈틈이. 그 시간이 점점 잦아졌고 머무는 시간도 길어졌다. 그 기회는 내가 조금 더 자라 가족이 혼자 나를 집에 두기 시작하면서부터 많아졌다. 어떤 날은 저녁부터 내내 옷장에 있는 날이 생겼고 어떤 밤은 그곳이 그리워 잠을 설치기도 했다.

주로 옷장을 찾을 때는 나의 용감함을 알아채고 싶을 때였는데 이 용감함은 어른에 대한 막연한 동경이었을지도 모르겠다. 작은 시디플레이어를 들고 옷장에 들어갔던 날에 어른이 되어 어두운 골목을 걷는다면 이런 기분일까, 작은 빛을 따라 걷는데 누가 내 뒤에서 노래를 부르고 있으면 어떤 표정을 지어야 할까, 가사에 집중해서 앞만 보고 걸어야 할까 등 여러 생각이 문득 들었다. 그럼 이겨내야 한다는 결심과 함께. 아마 내가 생각했던 세상의 두려움의 모습은 그 어딘가 갇혀 작은 빛을 따라 걷는 장면이었던 것 같다. 그렇게 아무도 말해주지 않은 어두운 세상의 조건은 옷장 안에서 차곡차곡 굳어져 갔다.

어떤 기준은 어둠에 맞서기 위해 지어지는 것이 아닐까. 우리가 만든 어둠은 어쩌면 우리가 만든 두려움만큼 어두워지며 그 두려움은 어둠에 맞서기 위해 이겨내야 할 기준이 될지도 모르겠다. 내가 그 옷장에서 확인하고 싶었던 어른이 되는 용기는, 어린 내가 나를 이겨내야 할 기준이었을지도. 이 용기는 한 원피스를 끌어안으며 두터워져 갔다.

옷장 안에서 노래를 듣던 어느 밤, 작은 움직임에 원피스 하나가 떨어져 내 얼굴을 덮었다. 옷장 문 사이로 작은 빛조차 보이지 않게 되자 순간 얼어버렸다. 나는 몇 개월간 익힌 어둠의 방식대로 침착하려고 했으나 오랫동안 원피스 냄새만 맡고 있을 뿐이었다. 한참을 맡고 있는데 나에게서 나의 체취가 났다. 나와 나의 체취는 하나다. 그러나 마치 내가 몰랐던 나처럼. 내가 나를 안는 기분, 내가 나를 만나는 느낌. 서서히 얼굴을 덮은 원피스를 걷어내고 다시 옷장 문틈 작은 빛을 찾았다. 나의 작은 원피스를 손에 꼭 쥐고.

어두운 골목을 혼자 걸을 나이가 되었을 무렵 나는 더는 옷장으로 들어가지 않았다. 어둠을 걷는 일이 옷장과 비슷하리라 믿었던 나도, 나를 안아주는 나도 더는 만날 수 없었다. 무모해질 수 없는 순간은 현실이 만드는 것이 아니라 두려움이 정말 무엇인지를 아는 내가 만들었다. 나는 그렇게 옷장에서 원피스와 함께 걸어 나왔다. 이 작은 원피스가 지켜줄 어느 날을 향해, 언젠가 내가 나를 안아줘야 할 때가 오리라 믿으면서.

옷장으로 자주 들어갔던 어린 나는 그곳이 누구도 초대하지 않은 어둠이라 좋았다. 스스로 만든 어둠의 세계에는 내가 느낄 만큼의 두려움이 존재했고 그 두려움은 옷장을 나오는 순간부터 애쓰지 않아도 희미해졌다. 애쓰지 않아도 되는 세계에서 나는 가장 용감했으며 누구에게도 기대지 않을 수 있었다. 아무도 서로를 완전히 지켜주지 않는 곳에서 서로의 자리에 대해 생각한다. 서로에게 애씀에도 채워지지 않으며 노력함으로 소진되는 자리를. 이미 알아버린 우리이기에 옷장은 더 이상 우리의 세계가 아님을.

아주 가끔 어린 내가 꿈에 놀러 와 나와 함께 웃는다. 그때를 기억하라는 듯이. 그 믿음을 오해해도 된다는 듯이. 우리는 우리가 가장 절실할 때 우리를 안아주지 못할지도 모른다. 많은 밤은 스스로를 끌어안아야 하며 또 많은 밤은 아무도 안을 수 없다. 이런 의심이 들 때면 나는 작은 원피스를 품에 안는다. 꼭 쥐고 놓지 말자고. ● 옷ㅣ손에 꼭 쥔 어린 나

○

[명사] 1. 1년 가운데 달, 날, 요일,
이십사절기, 행사일 따위의 사항을
날짜에 따라 적어 놓은 것 2. 남은
날들이 내어준 공간

돌아보지 않는 시간을 나누어주고 싶은 계절에
사랑하는 이들이 모여 짧은 마음을 나누어주
었다

다정한 마음들 사이에 고단한 마음 하나가
있었다

- 「외출」 중에서

지나온 날이 얼마나이고 남은 날이 얼마나인지
궁금한 사람을 본다. 굳이 눈으로 확인할 필요가 있
나 싶은 내 무례함은 네모 칸을 하나씩 바라보는 이의
눈으로 더 부끄러워진다. 어떤 이에게 하루는 단 하루
가 아니라 전체를 채우는 귀한 한 조각이라서 정성스
럽게 나눠 써야 할 남은 날 중의 한 생이 된다.
　남편을 보낸 선배가 유품을 정리하다 발견했다
며 다이어리를 보여주었다. 선배 남편의 다이어리 달

력에는 그달에 할 일이 남아 있고 다음 계절에 할 일이 빼곡했다. 병을 너무 늦게 알았던 선배 남편은 정리해야 할 일들이 많았을 거다. 하루에 한 사람에게 인사를 하고 2주일 치 일과를 일주일에 당겨서 해도 시간이 부족하다면서 남편은 선배에게 매일을 열심히 살고 싶다고 말했었다. 날을 앞당겨 쓰며 끝나는 날은 최대한 미루고 싶었던 아이러니한 삶이 다이어리 달력에 빼곡했다.

하루를 하루로 생각했었다. 요일로 알고 달로 구분하며 계절로 나누는 정도. 해가 시작되면 대략 한 해를 가늠해보기는 하지만 봄을 지나 여름쯤 되면 해의 중간에서 가늠도 해이해진다. 다음 달 칸에 적어둔 일이 일어나지 않기도 하며 전혀 예상하지 않았던 빈칸에 일들이 가득하기도 하니까. 달력에 날짜 칸이 수백 개이니 네모 칸은 그냥 흔한 날이었다. 숲을 보지 않고 자라고 꺾이는 작은 나무들만 본 것.

숲에서 거닐다 간 이의 한 계절을 본다. 내 앞에 심어진 나무들이 몇 그루인지 아는 이의 계절을, 다음 겨울 가지가 없음을 아는 이의 계절을. 남은 나무에 정성껏 물을 주면서도 그 나무가 더 자라는 것을 확인할 수 없는 마음이었겠다고 짐작해본다. 뒤가 없는 날을 상상해본 적 없는 이의 지금이 평범한 성실이라면 뒤가 없음을 아는 이의 지금은 담담한 성실일 것이다. 선배 남편이 여덟 달 남짓의 달력에 빼곡히 채워둔 180그루가 조금 넘는 나무들을 찬찬히 하나씩 보았다. 어떤 마음으로 한 계절을 정리했는지 무례하게 짐작만 할 수 있어서 그저 다음 계절이 없음을 애도하면서.

180개가 조금 넘는 칸들은 다음 칸을 다 아는 것 같았다. 우리 삶이 아주 긴 줄이라면 그의 줄은 몇 배 축약된 줄이었겠지. 우리가 해를 거쳐 하는 일이 있다면 그는 축약된 비율만큼 적당히 주로 나눠 살기로 한 것. 1주차에는 서랍 1층을 앨범을 정리하고 4주차에는 서랍 2층 서류들을 정리했다. 오랜 시간 동고동락한 반려견에게도 이별을 차근차근 나눠 알려주었다. 5주차쯤 반려견이 좋아하는 장난감들을 한데 모아 놓아준 토요일, 끝을 향해가던 7주차에는 반려견과 온종일 같이 있기까지. 더 하고 싶은 것이 많았을 텐데 나무를 많이 남겨두고 달력은 끝났다.

생을 이미 가늠한 이를 생각한다. 생이 눈에 보인다면 그에게는 달력 칸이었을까. 인정하고 싶지 않은 것이 시간을 지나며 받아들이는 마음을 만나고 모양을 가진다면, 그리하여 정리하고 보관해야 할 것들이 모양을 가져야 한다면. 남편을 보낸 선배와 하루를 같이 보내면서 남겨진 달력을 이야기했다. 그가 심어둔 나무 개수만큼 할 일이 있었을 텐데 끝나버려 슬프고 그가 예측한 시간이 그보다도 짧아 비통했다. 어쩌면 그는 예측할 수 없다는 것을 이미 알고 있지는 않았을까. 생에 깔끔한 결말은 없음을 우리보다 수백 번 수천 번 되뇌고 받아들였을 테니.

선배는 달력에 예정된 남편의 남은 두 달을 대신 살고 싶다고 했다. 내일 할 일과 다음 주 할 일을 중얼거렸다. 선배는 남은 나무에 담담히 물을 주겠지. 선배가 흘릴 눈물로 나무가 영원히 자랐으면 좋겠다. 다음 해 달력은 백지일 테니 나무가 뿌리를 깊이 넓게 내려 주기를.

누군가의 달력은 이루고 싶은 하루들과 이루지 못한 하루들이 레고처럼 쌓인다. 이 네모의 날들을 보며 나는 다음 칸에 조금 조심스러워진다. 이 네모의 날들을 보며 나는 다음 칸에 조금 조심스러워진다. 어린아이가 생일이 며칠 남았는지, 크리스마스가 며칠

남았는지 손가락을 세어보는 모습을 본 적이 있다. 다가오는 희망을 세어가던 눈빛을 기억한다. 우리에게도 그런 어린 날이 있었을 것. 점점 손가락으로 세어보고 싶지 않은 건 기다리지 않는 날이 더 많은 어른이 되어서일지도 모르겠다. 어른이 된 누군가에게 간절했던 하루의 수들을 세어보려 한다. 우리가 두려워한 하루의 셈이 누군가에게는 희망이었으므로. 살아 있는 날을 모양으로 생각해본 적이 없기에 이 조심스러움은 아직 누군가를 위한 애도이겠지만. ● 달력 | 남은 날들이 내어준 공간

○

[명사] 1. 설탕이나 엿 따위를 끓였다가 식혀서 여러 가지 모양으로 굳힌 것 2. 입 안을 헤매는 말들의 모양

조용히 시를 벽에 쓰던 사람이 있었다
안부가 많은 사람에게 태어나지 않은 첫 줄이
기다림이 긴 사람에게 흘러오고 있었다

- 「첫 줄」 중에서

　　끝내 못한 말이 전해진 말보다 많을지도 모르겠
다. 말은 태어나며 바로 전해지거나 오래 품었다가 전
해지는데 어떤 쪽이든 전해지지 않은 줄임표들은 남
는다. 나이를 먹을수록 말줄임표가 많아진다. 다정하
고 세련된 말줄임표라면 좋겠지만 아닌 때가 더 많다.
더 괜찮은 말을 찾다가 놓쳐버릴 때나 감정을 피하려
다 말을 잃어버릴 때 말 줄임표는 남용된다. 입에 가
득 말을 머금다 돌아오는 날이면 입 안에서 사탕을 굴

린다. 못한 말이 쌓이다가 넘치기 전에 전할 수 있을지 생각하면서.

재작년, 말을 하는 것이 두려웠던 때가 있다. 말은 돌고 돌다가 누군가에게 이상하게 전달되다가 유영하던 말은 결국 주체를 잃고 문장만 남는다. 말이 문장이 되는 것은 서글픈 일이었다. 감정과 기분과 느낌이 없는 사람처럼. 그래서 말하는 일을 최대한 줄이고 쓰고 읽기만 했다. 사람을 만날 일을 줄일 수는 없어 외출을 할 때면 가방에 사탕을 한 주먹씩 넣어 다녔다. 사람들이 많은 곳에 가면 사탕을 입 안에 넣고 천천히 굴렸다. 말을 하지 않고 싶어서 사탕을 굴리며 혼잣말을 하는 시늉을 했다. 그러면 입 안의 말들은 사탕과 구르며 적당히 바쁘게 녹았다.

사탕을 굴리는 느낌은 하고 싶은 말이 있지만 하기가 두려운 느낌과 닮았다. 동그란 사탕을 물고 이리저리 굴리면 말을 하는 느낌도 든다. 통통한 모양이 한 쪽씩 줄어들다가 타원형에서 작은 원형이 되는 동안 하고 싶던 말들도 하나씩 작아지는 기분. 사탕이 다 녹으면 다른 맛을 꺼내 또 하나를 잽싸게 입에 넣었다. 조금 다른 기분으로 다시 하고 싶은 말을 서서히 녹였다. 사탕을 여러 개 먹고 입에 단내가 가득할 때쯤 사람들에게 빠져나와 늘 그렇게 집에 돌아왔다. 혀에 남은 사탕 맛은 그날의 밤공기 냄새와 비슷했다. 달콤하고 새콤한 고백이 한순간 바닥에 붙은 잔해가 되었던 날. 고백을 입 안에서 되뇌고 굴려봐도 애매하고 씁쓸한 맛이 났다. 맛이 다 날아갈 때까지 기다리는 것은 내 몫이었으며 입 안에서 사라질 때까지 곱씹어야 하는 것도 내 몫이었다. 침을 몇 번 삼키고 입 밖으로 욕을 해봐도 그대로였다. 어떤 말은 모양을 잃고 향이 되어 남는다.

입을 다문 이들을 만나면 사탕을 하나씩 건네고 싶어진다. 혼자 전시회를 보던 날 두 바퀴를 돌고 나가려는데 오랫동안 한 사진 앞에 서 있는 사람이 있었다. 입을 중얼거리며 사진 해설집을 읽는 그 독백을 가만히 바라봤다. 작은 모음과 자음들이 그의 입 안을 가득 메우며 움직였다. 전시를 해설하는 동안 많은 사람이 질문을 하는 사이에서도 그는 혼자 말했다. 그의 몰입을 내가 오해한 것일 수도 있다. 하지 않은 말이 아니라 이미 많은 말을 했을 수도 있겠지. 그러나 입 안에 말을 오래 넣어본 사람은 안다. 하지 않은 말이

생긴다는 것을. 가방에 있는 사탕을 하나 꺼내 그에게
주었다.

끝내 못한 말은 언제 전해질지 생각해본 적이 있
다. 전해지기 전에 내가 그 말을 잊을까 봐 그 말이 영
영 전해지지 못할까 봐 두려웠다. 이 두려움을 용기로
오해해 말을 전한 적도 있다. 잘 전해진 말도 있으나
대부분 아니었다. 용기가 필요했다는 건 애초 전해지
지 말아야 했을 말이었는지도 모르겠고. 그런 시간들
을 지나고 나니 때를 지난 말이 한가득 남아 있다: 오
래전에 녹아 주머니에서 진득거리는 사탕처럼.

하고 싶은 말보다 할 수 없는 말이 더 많을까. 어
쩌면 할 수 없는 말보다 하지 않은 말이 더 많을 것 같
다. 하지 않은 말을 아껴두고 싶다. 할 수 없는 말이
상대를 배려하는 일이라면 하지 않은 말은 나를 위한
일인 것 같아서. 사랑한다는 말을 할 수 없는 것보다
그 말을 하지 않으면 내 사랑을 지속할 힘을 얻는 것
처럼. 할 수 없는 말들을 하지 않는 말들 안에 넣어두
고 싶다. 그 말들을 입 안에서 잘 굴리고 싶다. 너무
늦어 녹아버리기 전에. ● 사탕 | 입 안을 헤매는 말들의 모양

어떤 장면은 영원히 내 것 같지 않아서

○

[명사] 1. 세상에 태어난 날 또는
태어난 날을 기념하는 해마다의 그
날 2. 새로 새기는 생의 의미

시월다운 달을 꽉 쥐어 넣어둔 책을 펼친 날에
낭만에게 가는 법은 낭만이었다

녹아가는 낭만을 다시 서랍에 넣고 잠이 들
었다

- 「낭만의 역할」 중에서

의미에 대해 생각한다. 세상에 존재하는 모든 것
에는 이름이 있고 뜻이 있으니 정의할 수 있는 것일 텐
데 의미를 물어보면 무엇이라고 해야 하는지. 우리는
아마 한참 의미를 생각하며 무엇이라 말할지 고민할
것 같다. 의미는 이름과 달라서 조금 더 깊어야 할 것
같고 뜻과 달라서 각자에게 전부 다르기에. 이렇게 우
리는 우리에게 이름보다 더 깊은 의미가 되길 원하며
이름이 가진 뜻보다 더 특별한 의미가 되어주고 싶은

것이 아닐까. 서로가 서로에게만 유일한 그런 의미.

해가 지날수록 생일이 큰 의미 없이 느껴진다. 태어난 것만으로도 고맙다는 사랑이라는 말을 가득 듣던 어린 시절의 생일, 밤을 함께 지새며 우정과 사랑을 확인하던 이십 대의 생일을 지나 삼십 대가 된 후부터 생일은 조금씩 고요해졌다. 여전히 귀엽고 장난스럽게 축하를 해주는 지인들이 몇 있지만 대체로 나잇값을 하며 축하하고 축하를 받는다. 생일을 축하한다는 말이 언제부터인지 무겁고 버겁기도 하다. 생일을 크게 개의치 않아서 그런지 많은 축하를 받다 보면 나는 또 혼자 생각에 빠진다. 내가 소중한 이들의 생일을 축하하는 마음을 생각하면 그들도 내 생일을 아껴주는 게 당연할지도 모르지만. 생일 축하를 받을 때 느끼는 이 무거움과 버거움은 아마 생일 아닌 생일이 시작되는 순간들을 가까이서 보면서 시작된 것 같다. 가끔 우리는 생일보다 더 생일 같은 날을 만나기도 하고 생일 아닌 생일을 받아들이기도 한다.

몇 년간 치매를 앓다 돌아가신 할머니는 만날 때마다 내가 누구이고 몇 살인지 물었다. 처음에는 그런 할머니가 낯설어 내 나이를 정확하게 소개하고 할머니가 나를 기억할 만한 나와의 추억들을 열거했다. 할머니는 나를 세 살 아기라고 했다가 55세 아주머니라고 했다. 몇십 년을 넘나드는 할머니의 말에 어느새 나는 할머니가 답하는 나이대로 무조건 맞다고 대답했다. 어느 날 할머니가 좋아하던 딸기 요구르트를 사서 할머니를 만나러 갔던 날, 할머니가 대뜸 생일이냐고 물었다. 자동으로 생일이 맞다고 답한 뒤 할머니랑 함께 노래를 불렀다. 그 뒤로도 대뜸 내 생일이냐는 문곤 했는데 한여름이 생일인 나는 할머니 덕에 사계절 내내 생일이었다. 생일 아닌 생일날에 할머니와 부르던 생일 노래를 잊을 수 없다. 생일은 한 존재가 태어난 날의 의미이고 나는 할머니에게 그런 의미가 된 거니까. 손녀는 사계절 내내 생일, 우리 할머니에게 나는 영원히 생일.

어떤 생일은 존재의 탄생이 아니라 존재를 잊기 위한 날짜가 되었다. 교통사고로 동생을 먼저 보낸 친구는 동생의 생일을 잊으려고 몇 해 애썼다. 매해 동생 생일이면 떠났던 여행지들, 먹었던 음식들, 함께 듣던 음악들이 생각나 기일보다 더 슬프다고 하면서. 마치 동생이 본인이 낳은 아이인 듯, 동생이 태어난 날이 다가오면 친구는 한 달 내내 아팠다. 매년 겨울이면 동생 선물을 고르던 자신의 모습도 함께 잊는 중인 친구를 보며 생일과 기일의 경계를 생각했다. 한 존재의 태어남이 누군가에게 이렇게 가슴 깊이 슬픔과 죄책감이 된다는 것에 대해. 그러나 한 존재가 떠났다는 것의 의미가 한 존재가 오래전 이미 와서 남긴 것들의 의미를 절대 넘어설 수 없다는 것. 그리하여 생일과 기일은 같을 수 없다는 것을 알았다. 아직도 동생 생일을 표시해둔 친구의 달력을 보면서.

한 존재가 태어나는 기쁨을 누리는 날이 생일이라면 너무 많은 생일은 이미 사라졌거나 슬플지도 모른다. 그렇게 생일을 새로 정한 순간과 생일을 잊으려는 순간을 보며 생일에 더 무거워지고 두려워졌는지도 모르겠다. 그리하여 생일의 이름과 뜻은 절대 하나일 수 없음을, 어떤 겹겹의 정의도 생일을 포함할 수 없음을 배워간다. 생일이 다가오면 다짐한다. 세상의 수많은 생일을 알아차릴지라도 그 의미를 내가 함부로 정의하지 말자고. ● 생일 | 새로 새기는 생의 의미

○

[명사] 1. 시, 소설, 그림 따위의 작법이나 기법을 익히기 위하여 연습 삼아 짓거나 그려 봄 2. 불확실하고 아름다운 세계

언어가 정확한 진심이 될까요
우리는 물었습니다

아무 답도 없이 소설 한 문장에
계속 밑줄을 그었습니다

– 「언덕 서점」 중에서

끝내 마무리되지 못한 이야기들이 있다. 끝을 맺을 자신이 없어서 조금 더 미루고 싶어서 잘 정리하고 싶어서 그냥 닫아둔. 마무리하지 못한 이야기라는 것은 나만 안다. 어떤 이야기는 잘 끝난 것처럼 보이기도 해서 언제든 잘 끝낼 수 있는 사람은 나뿐이고. 긴 시간이 걸리더라도 내가 잘 끝내야만 한다. 내가 시작한 이야기이기에.

미래를 그리며 써내려간 이야기들이 마무리되지

못한 이유들을 생각해 보면 대부분 아직 바라던 날이
오지 않아서, 밖으로 꺼내기에는 작은 혼잣말이라는
생각일 거다. 습작생이라는 이름을 가진 이들의 이야
기는 이렇게 간절하고 열렬하며 부끄럽다. 자신의 세
계를 어떤 형태로 드러내기를 원하기에 그리고 쓰고
짓고 만드는 시간들. 이 시간들이 모두 아름답고 유일
한 세계라는 것을 그때는 확신하기 어렵다. 그러나 이
불확실함을 앞서는 것이 자신의 세계에 대한 확신임
을, 표현함으로써 이 불확실함이 조금 더 선명해짐을
우리는 안다. 이 마음이 우리를 움직이게 하는 것을
말이다. 불확실함과 확실함을 넘나들며 우리가 한 번
쯤 혹은 아주 오래 지나왔을 습작의 시간들.

　　습작하는 이들을 보면 안아주고 싶다. 수업에서
등단을 꿈꾸는 이들의 시들을 보면 그들의 세계에 조
용히 초대된 느낌이다. 내게 시를 내미는 순간에도 그
들의 눈동자는 불안하다. 수많은 불확실함을 견디며
확신을 찾고자 쓰지만 아직도 찾는 중인 그들의 눈동
자. 그 눈동자로 세상을 보며 자신을 찾으며 살겠지.
내가 이들의 세계를 함부로 평가해도 되는 것인지, 나
는 그들의 습작 앞에 겸손해진다. 오랜 밤을 비워내고

채워가며 썼을 이야기의 속사정은 그들의 것임을 아니까. 습작이란 이것이 남에게 보여도 되는 세계가 맞는지 모르지만 이 세계를 영원히 품으며 표출할 것임은 아는 이들의 것이니까. 나는 그들 덕분에 습작의 밤을 무조건 사랑하게 된다.

　　작곡가가 되고 싶다는 친구와 며칠 여행을 떠났다. 악보 몇 개를 챙겨와 자주 아무 곳이나 앉아 연필을 들던 그. 음을 심고 박자를 잡았다 당기는 그의 정원을 한참 구경했다. 숲에서 쓰다가 바다로 자리를 옮겨 다시 쓰던 그는 음을 그려넣을수록 슬퍼진다고 했다. 그 슬픔의 의미를 이해하고 싶었지만 묻지 않았다. 숲의 마음으로 쓰던 악보가 바다를 만나 그의 세계와 부딪혔을지 짐작하면서. 이게 맞는지 모르겠다는 말을 몇 번 하는 그는 마지막 줄을 남겨두고는 악보를 덮었다. 이게 맞는지 모르니까 우리는 영원히 쓰고 있지 않을까. 모르니까 알고 싶고 모른다 해도 알아가고 싶은 것에 대해. 모든 습작의 시간이 비슷하지 않을까. 지금이면 안 되는 감정과 영영 돌아오지 않은 것을 일단 지어보는 것. 다시 돌아오지 않을 그해의 숲과 바다의 이야기가 그의 악보에 일단 담기듯이. 지금은 모르겠지만 그냥 그렇게 믿자.

상실이라는 감정을 제대로 느꼈던 시기에 몇 달 쓴 공책을 봤다. 썼다 지웠다 반복한 문장들, 어떤 단어가 맞을까 고민하다 비워둔 괄호들, 언제든 지워도 될 희미한 밑줄들, 그때의 감정을 잊지 않겠다는 별표들까지 완성되지 않은 이야기들이 빼곡했다. 줄 공책은 내 산만한 마음을 정돈하기 좋은 모양이었으며 써 내려가면 안 보이는 게 보일 것도 같아 그곳으로 숨고 싶었던 날들. 습작의 시간이 주는 부끄럽고 안전하며 불안한 기운이 숨어 있는 우리를 일어나게 한다.

끝이 명확한 이야기가 있을까. 세상에 모두가 끄덕일 그런 결말이 있을까. 없다고 믿으며 우리는 쓰고 짓고 만든다. 그렇다면 우리가 시작한 첫 줄 혹은 남겨둔 마지막줄은 이미 세상의 이야기다. 불확실한 나의 작고 소중한 습작은 모두 유일한 세계다. ● 습작 | 불확실하고 아름다운 세계

단어 22 **손**

○

[명사] 1. 사람의 팔목 끝에 달린
부분 2. 내가 나를 마주하는 용기

문밖에 누군가의 편지가 있는 것 같아

시간을 품으면 우리는 조금 더 소중해지고

한 이의 기척에 전생이 있는 것 같지

- 「환생과 편지」 중에서

의도하지 않았지만 속마음을 내밀 수 있다면 우리는 서로에게 조금 덜 부끄러울까. 자연스럽게 표현한 마음이라면 우리는 우리를 더 편안히 받아들일 수 있을까. 예상하지 못해서 더 솔직하고 준비되지 않아서 더 날것인 것들이 있다. 마음의 민낯을 닮은.

꿈에서 내게 손을 내미는 나를 만난 적이 있다. 꿈을 자주 꾸지 않는 나는 고민이 있거나 걱정이 있는 시기에나 한 번씩 꿈을 꾸는 편이다. 그래서 마음을 정확히 모르겠으나 꿈을 꾼 날에는 내가 어떤 생각을 많이 하는 중이구나 짐작한다. 작년 겨울에 꿈에서 만났던 나는 오랜 시간이 지나도 선명하다. 다른 사람과 함께 내가 꿈에 등장한 적은 몇 번 있었는데 그날은 내가 나를 가만히 바라보며 손을 내밀었다. 잡아보라는 듯이 함께 해보자는 듯이 내 쪽으로 건너오라는 듯이. 그 장면뿐이다. 꿈을 꾼 날은 온종일 기분이 이상했다. 편안한데 가엽고 선명한데 낯선, 나인데 내가 느낌.

며칠이 지나 그 꿈을 다시 보고 싶어서 거울 앞에 섰다. 꿈에서 본 대로 손을 내밀었는데 처음에는 어색해서 웃음이 나다가 갑자기 눈물이 터졌다. 내가 나에게 손을 내민 적이 없어서인지 내가 나를 감싸주는 느낌이었는지 내가 나의 친구가 된 모습이었는지 모르겠지만. 거울 앞에 서서 내 손을 한참 바라보았다. 가장 많이 보는 친숙한 손인데 거울로 보는 내 손이 왜 그렇게 낯설었는지 신기했다. 매일 노트북 앞에 앉아 마감 원고를 고치며 내 손을 자주 볼 텐데 내가 나에게 내미는 손을 본 적은 왜 없었을까. 거울 앞에 서서 손을 내미는 나를 보는데 여러 생각이 들었다. 내가 나를 이끌어 내게로 오라고 따뜻하게 말해준 적이 있었는지, 내가 나를 향해 따뜻한 도움의 손을 건넨 적이 있었는지. 타인을 위해 수백 번 손을 건네는 동안에.

우리는 우리의 손을 어떻게 잡고 있을까. 우리는 자신을 가장 잘 안다고 믿어 위로보다 질책을 택하고 응원보다 자책을 택한다. 그날 그 꿈을 왜 꿨는지 아직도 잘 모르겠지만 아마 내가 나를 조금 더 쓰다듬어 줘야 할 밤이었다고 믿고 있다. 내가 나에게 혹독해질 때면 내가 나에게 손을 건넨 그 꿈을 생각한다.

작년 여름 작은 마을을 여행하다가 성당을 발견했다. 나는 종교가 없어 평소라면 그냥 지나쳤을 텐데 그날은 성당에 들어갔다. 저녁 미사를 몇 분 앞둔 시간이어서 하나둘 사람들이 자리를 잡고 저마다 기도를 시작했다. 두 손을 모아 눈을 살며시 감는 모습이 마치 하나둘 전등이 켜지는 것처럼 똑같이 이어졌다. 그날 처음으로 두 손을 모은 사람들을 오래 바라봤다. 믿음에 모양이 있다면 그들의 두 손 모양이 아닐까 생각하면서. 성당을 나와 마을을 걸으며 두 손을 모은다는 것에 대해 생각했다. 어쩌면 나의 두 손을 모은다는 것은 그 시간만큼은 손을 어떤 일에도 쓰지 않겠다는 것, 간절함을 위해 정지하겠다는 것이 아닐까. 두 손이 맞붙은 모양의 이름은 간절함이라고 믿게 되었다.

걸음마를 막 시작한 아기에게 손을 내미는 엄마를 본다. 언어를 습득하기 전에 손이 건네는 의미를 먼저 알게 되는 우리. 아기는 두 손을 벌리면 뛰어가 엄마에게 안기고 손을 뻗으면 같이 걸어보자는 뜻임을 안다. 엄마 손이 잠시 떨어지면 아기는 먼저 손을 내밀 줄도 안다. 어쩌면 언어보다 더 가까이 있을 손을 내밀어 말을 건다.

이렇게 우리는 아기일 때부터 말보다 더 빨리 손의 체온을 배우고 느끼는지도 모르겠다. 그렇게 자라 여러 사람에게 손을 내밀고 그들의 손을 잡는다. 타인의 손과 자신의 손이 맞춰가는 적당한 체온에서 사랑하고 위로하고 응원하면서. 그사이 우리는 나의 손을 내가 잡아줘도 된다는 것을 잊는다. 나의 두 손이 만나는 체온을 잃어가면서. 아기를 보며 생각한다. 내가 나에게 말을 건네기 어려운 밤에는 두 손을 맞잡아 보자고. 아기가 언어를 습득하기 전에 내미는 손처럼 나도 내게 손을 내밀면 전해질 수도 있지 않을까. 나에게

가장 엄격한 내가 가여운 내게 전하고 싶던 애초의 마음이. ● 손 | 내가 나를 마주하는 용기

○

[명사] 1. 말하는 이와 듣는 이가 알고 있거나 말하는 이만 알고 있는 과거의 어느 해 2. 계절에 숨은 날들의 주기

바다에 꽃을 심는다면 영원히 마르지 않을까

말린 꽃을 피우고 싶은 날이 있었다
피우고 싶은 것들에는 영원의 호흡이 있고

－「접은 말들」 중에서

어떤 해를 기억하게 하는 것들이 있다. 해마다 듣
는 노래나 찾는 곳이나 행과 냄새 등이 반복되어 기
억이 축적되면 그 기억은 그해가 된다. 누구나 그해가
있어서 매년 돌아오는 계절이 낯설지 않으며 어떤 해
는 두렵지만 맞이할 준비를 할 수 있지 않을까. 많은
해가 그해가 된 시간들만으로 가끔 우리의 삶을 예측
할 수 있을 것 같다.
　복숭아가 나오는 초여름이 되면 코가 먼저 여름

을 안다. 복숭아를 생각하는 것만으로 코끝에 향이 돌고 복숭아를 통째로 깨무는 입술과 과즙이 느껴진다. 발표했던 작품 중에 접시에 복숭아를 올려둔 나른한 노부부를 그린 시가 있는데 독자들과 만나는 자리에서 이 시를 한 독자가 낭독해주었다. 한 독자는 시를 읽으면 도시락에 복숭아를 싸서 한강공원에 갔던 날이 오늘 있었던 일처럼 생생해진다고 했고 한 독자는 서점 창밖으로 초록 나무가 보이는 것 같다고 했다. 그날은 아주 추운 겨울밤이었지만 우리는 복숭아로 초여름으로 돌아가 복숭아를 한 조각씩 나눠 먹었다. 복숭아를 읽으면 누구나 어느 여름으로 돌아갈 수 있는 것은 복숭아가 여름 과일이기 때문만은 아닐 거다. 매해 복숭아철이 되면 우리가 반복해온 것들이 있어서 일 테다. 어쩌면 여름보다 더 앞서 준비하고 있는 매해 습관들.

한 독자가 어렵게 입을 떼더니 한겨울에 먹는 복숭아 맛에 대해 이야기했다. 복숭아를 가장 좋아해 장바구니 가득 담던 엄마가 투병 끝에 세상을 떠난 후, 해마다 복숭아를 산다고 했다. 가장 고운 복숭아를 잘게 썰어 냉동해 두었다가 엄마의 기일이 있는 12월

이 오면 예쁜 접시에 담아 먹는다고. 무더운 여름 복숭아를 깎던 엄마의 모습과 매미 소리를 들으며 복숭아를 먹던 모녀의 오후가 매해 차곡차곡 쌓였겠지. 그렇게 복숭아는 여름이 아닌 그해가 된 것이겠지. 그녀에게 복숭아는 한겨울 엄마와의 소복한 오전일 거다.

한강공원의 도시락, 한여름의 초록 나무, 엄마의 장바구니 모두 여름이 시작한 일들이다. 복숭아를 기억하는 우리는 여름이 되면 다시 복숭아를 찾아 닮은 일을 하거나 상상한다. 여름의 일은 아닐지라도 마음이 기억하는 여름이 있는 한 누군가는 복숭아를 한겨울까지 보관해두고. 복숭아 맛이 아닌 복숭아의 기억으로 여름은 그해가 된다.

'해'라고 하면 단순히 계절이 돌아오는 주기 같지만 계절이 따로 없는 것들과 지내다 보면 그해는 계절이 아닌 어떤 우주의 시간 같다. 베란다에서 키우던 바질이 몇 해 제법 잘 자랐다. 작년부터 더 자라지 않아 지금은 빈 화분이다. 바질이 싹을 틔우기 시작할 때가 되면 이미 바질이 다 자란 것처럼 향이 난다. 물론 내 코에만. 바질 잎을 따서 샌드위치를 해먹던 날, 아까워서 몇 장 남겨두었다가 시들어버린 게 아까웠던 날, 새

끼손톱 만한 바질 잎을 보며 향이 진하다며 유난을 떨던 날이 온갖 바질 향이기에. 매해가 만든 그해가 아니라 매 순간이 만든 그해가 있을지도 모르겠다. 죽은 줄 알고 그냥 두었는데 갑자기 잎이 자랐다는 이야기를 들어서인지 나는 아직도 조금 기대하며 빈 화분을 그 자리에 둔다.

때가 되면 자라는 잎들을 보면 그해 같다는 생각이 든다. 돌아오는 계절처럼 꼬박꼬박 약속을 지키지는 않지만 불현듯 내미는 그해 같다는 생각. 기억하고 싶지 않아 숨고 외면하는 그해가 있다고 하면 이렇지 않을까.

몇 해 전 여름에 버스를 타고 매주 다니던 곳이 있다. 오후 두 시 가장 더울 시간에 버스 정류장에 내려 걸으면 도착하는 곳. 힘든 이야기를 잔뜩 하고 힘든 게 당연하다는 이야기를 듣고 나오면 되는 곳인데 그때는 가는 길이 왜 그렇게 멀었는지. 막상 집으로 돌아오는 길은 후련하고 상쾌하다는 것을 알면서 무언가를 회상하고 쏟아내야 한다는 생각에 매주 가는 길이 쉽지 않았다. 반년 남짓 오가던 길에 끝이 왔고 몇 년이 지났다. 그런데 매년 여름이 되면 한 번씩 생각난다. 가는 길의 땡볕, 작은 책상에서 울던 기억, 부은 눈으로 돌아오던 버스, 홀가분하다는 마음 등이. 몇 해 계절마다 반복된 일이 아니지만 어떤 일은 그 감정만으로 그해가 되살아난다. 지금의 나를 더 낫게 만든 시간들이었지만 굳이 그해에 기억하고 싶지 않은, 그러나 불현듯.

계절의 맛이나 향이 쌓여 만드는 그해와 어떤 계절에 일어난 일이라는 이유로 매해 기억되는 그해가 있다. 적극적으로 회상하는 그해가 있고 최대한 숨으려다 만나게 되는 그해도 있고. 그해가 가진 많은 겹을 알아간다. 해라는 말은 돌아오는 시간이기도 하지만 우리가 만든 날들의 주기라는 것을. ● 그해 | 계절에 숨은 날들의 주기

○

[명사] 1. 글을 지을 때 여러 번 생각하여 고치고 다듬음. 또는 그런 일 2. 다시 해석되는 사건들

기꺼이 순수한 믿음을 모으고 싶다니
어쩌면 영원히 찾지 못할 걸

잊고 잃는 모든 것이 안전했으면 좋겠어

- 「유한한 믿음」 중에서

고쳐 쓰고 다시 쓰는 시간에 대해 생각한다. 흘려보냈다고 믿었지만 다시 돌아온 시간에 대해, 붙잡고 싶어서 달리 기억하고 싶은 시간에 대해. 어쩌면 애초의 문장은 내가 쓰고 싶은 것이 아닐지도 모르겠다. 잊지 못하므로 써둔 문장은 기억의 퇴고와 믿음의 퇴고를 거쳐 조금씩 내가 쓰고 싶은 시간에 가까워지니까.

자고 일어나면 문장은 다른 시제를 살고 있는 것

같다. 어제는 간절했던 사건이 오늘은 처연해서 나만
알도록 문장을 지운다. 어떤 문장은 어제는 그리움이
었지만 오늘은 경멸함이 되어 최선을 다해 잊고 싶은
사건이 된다. 이런 시간을 수없이 지나오며 이 시간을
아끼고 존중하는 것이 시를 쓰는 일임을 깨닫게 된 것
같다. 대부분의 사건은 수없이 변하는 감정 속에서 누
구를 사랑하다가 미워하며 자신을 안아주다가 혐오
하게 되는 것. 시를 쓰는 일이며 시가 존재하는 이유일
것이다.

　　모든 기억이 꽤 괜찮게 재해석되면 좋겠지만 그
렇지만은 않다. 인물과 그때를 되살려내어 글을 쓰고
한동안 여러 기억을 줄지어 놓는다. 퇴고의 시간에서
기억이 입체의 형태로 살아나는데, 이때 인간의 기억
이 가진 지극히 개인적인 방식을 깨닫게 된다. 한쪽으
로 치우친 애정과 공평하지 못한 순서가 기억을 빼곡
히 채우고 있으니까. 기억을 들여다보면 까맣게 살이
탔던 한여름이 겨울이 되어 있거나 사랑이 아니었으나
순종했다고 믿는 내가 있다. 나를 위한 나의 조작을
무해하다고 해도 될까.

　　얼마 전 울며 짧은 글을 쓰고 잠들었다. 붙잡았

으나 떠나간 것을 썼고 잘 보내고 싶어서. 다음날 퉁퉁 부은 눈으로 글을 다시 읽다가 떠나간 것들을 모두 지웠다. 그리고는 보내지 못하겠다고 썼다. 어제 쓴 마음은 보내기 위해서가 아니라 더 선명히 기억하기 위해 받아 썼으니까. 애초의 슬픔을 쓰면 진실의 속마음이 돌아오는 힘이, 애초의 마음을 쓰면 진실의 슬픔을 알게 되는 힘으로 우리는 퇴고를 하는 것인지도 모르겠다. 이 퇴고는 우리를 더 미워하게 하며, 그런 미움을 더 사랑하게 함을 알기에.

퇴고는 글을 위한 단어가 아닐지도 모르겠다. 삶의 모든 순간이 퇴고일지도. 같은 사건을 통과한 우리는 다른 이름을 붙이며 나에게 유리하거나 감당할 만큼의 퇴고를 시작한다. 그렇게 우리의 순간은 촘촘한 퇴고를 겪으며 기억되고 해석되고 변화되며 적당히 지워지고 남는다. 퇴고의 끝에 어떤 나와 어떤 타인이 남을지 모르겠지만 우리는 어쩌면 진실을 모르고 싶지 않을까. 나의 퇴고 속에서 만큼은 말이다.

나에게 무해할지 모르나 누군가에게는 유해할지 모르는 기억들이 있다. 우리는 그것을 타인의 삶을 벗어난 뒤에 알게 된다. 서로가 서로이지 않은 때가 되어

서야 기억은 서서히 힘을 잃으니까. 내가 스스로 가둔 믿음이 한 사람을 믿지 못하게 되었다는 것을, 내가 기어이 오해함으로써 한 사람을 영원히 이해하지 못하게 되었다는 것을. 이 무섭고도 거대한 한 이의 삶을 퇴고를 통해 알게 되는 것 같다.

가끔 누군가의 기억에서 사라진다는 것이 서러웠다. 나만 유별나고 미련하게 그 기억에 자리를 잡았다고 생각하면 억울했다. 그러나 그 서러움과 억울함은 내가 한 이를 잊어간다는 것을 생각하면 부끄러움으로 바뀐다. 그렇게 성실할 수 있을까 싶을 정도로 누군가를 잊으려 하는데 내가 누군가에게 잊히지 않겠다는 각오는 너무 무모한 것 아닌가. 우리는 이렇게 서로 누군가의 세계에서 입실과 퇴실을 반복하며 서러워하고 부끄러워하고 억울해하고 깨달을 것이다.

우리의 삶은 퇴고로 이어지고 쌓아갈 것임을 안다. 조금 더 어릴 때는 내가 조금 덜 힘들거나 덜 고통스러울 수 있는 방법이 기억의 퇴고라고 생각했다. 퇴고를 조작이라는 말로 해석한 적도 있다. 그러면 불운이 조금 사라지는 느낌이었으니. 그러나 이제는 안다. 어떤 재해석도 진실을 완전히 숨길 수 없으며 어떤 오

해는 진심을 발견할 손을 뿌리치는 일임을. 그저 느끼는 대로 받아들이는 대로 타인의 시선을 재생하며 나에게서 조금 더 거리를 두고 싶다. 그렇게 열리는 퇴고의 길을 우리가 산뜻하게 걷기를. ● 퇴고 | 다시 해석되는 사건들

○

[명사] 1. 사람의 목구멍을 통해서 나오는 소리 2. 나에게만 들리는 영원한 안부

숨겨둔 날들은 누구의 몫인 걸까
너무 쉽게 빌려 쓴 기념일 같은데

아무것도 아니었으나 전부인 것

– 「빌려 쓴 심장」 중에서

어떤 존재는 보이지 않지만 있고, 보이지 않아서
한 사람에게만 유일해진다. 조금 더 어렸을 때는 존재
라는 뜻이 곁에 있을 때 가능하다고 믿었다. 존재한다
는 것은 있는 것이고 있다는 것은 닿을 수 있는 형태
라고. 그래서 나와 네가 존재한다고 느낄 때는 손을
잡거나 껴안거나 대화를 하거나 서로를 보여주거나
할 때였다. 존재는 닿아 있다는 것을 증명하는 일이었
는지도 모르겠다. 내게 남은 유일한 것이 목소리일 때

까지는.

　형태가 없는 것들은 닳는 줄 모르기에 살아가는지 죽어가는지 잘 알 수 없다가 문득 발견된다. 그때부터는 자라는 모양도 죽어가는 속도도 나에게만 보이기에 내가 잘 보관하며 길러내야 한다. 기쁜 발견도 있지만 진통의 발견도 있다. 동시에 또 발견한다. 그 자리에 있으라고 한 적은 없지만 버리지 않은 것도 나라는 것을. 오래전 목소리가 보관되어 자라고 있었다는 것을 알게 된 날이 그랬다. 어떤 책임감으로 들어보기 시작했다. 그래도 시간이 지났다는 것이 다행이라 생각하면서.

　겨울이 오고 캐럴이 곳곳에 들리기 시작하면 노랫소리보다 더 선명하게 들리는 게 있다. 꽤 오래 생각나지 않았는데 몇 해 전 우연히 발견된 어떤 목소리. 우울증을 앓던 대학교 친구는 모든 인간관계를 끊고 종교 생활을 시작하겠다고 했다. 십여 년 전 겨울 오후 그 친구가 나를 보며 어렵게 입을 뗐다. "세상이 나에게 들어오라는 것 아닐까." 이 목소리가 아직도 생생하다. 그 뒤 연락처를 바꾼 뒤 모두와 연락을 끊은 친구. 여러 방법으로 친구를 찾았지만 별수 없었고 그렇게 열 번도 넘게 겨울이 갔다. 겨울이 오면 여전히 그 목소리가 옆에서 들린다. 잊지 말라고, 들어오라는 곳으로 들어와 있다고 말하는 것 같아서 나는 아직도 친구를 꿈에서 종종 찾는다. 몇 해 전 왜 그 목소리는 내 귀에 다시 들린 걸까, 그리고 왜 겨울마다 속삭이는 걸까. 그 친구는 여전히 없으니 내가 그를 부른 것은 아닐까. 그 친구의 마음을 조금이라도 헤아리고 싶은 때가 오거나 숨고 싶어도 그럴 수 없는 나의 작은 용기를 탓하는 밤이 그 목소리를 찾은 것일지도 모르겠다. 가끔은 겨울이 기다려진다. 보이지 않지만 보이는 존재가.

아주 희미하지만 간절한 목소리는 누군가의 기도이자 다짐이자 고백 같다. 그 목소리를 그려보면 아주 강인한 줄기 모양일 테고, 보이지 않는 그 줄기는 매년 자라나는 것 같다. 할머니가 돌아가시기 며칠 전 아이가 된 할머니를 보러 중환자실에 갔다. 말을 거의 못한 채 생사를 넘나들던 할머니는 종알거리는 손녀를 위해 입을 몇 번이나 움찔거렸지만 바람 빠진 풍선처럼 어쩔 도리가 없었다. 할머니가 어렵게 입을 떼 몇 마디를 했다. 숨소리와 말의 경계라고 할까, 내 마음대로 해석한 뒤 최대한 잘 이해한 것처럼 할머니에게 알겠다고 답했다. 그 짧은 네 번의 "후, 하, 아, 응." 할머니는 있는 힘껏 하고 싶은 말을 건넸고 며칠 뒤 떠났다. 마음껏 하고 싶은 말을 하며 좋아하던 노래를 부를 수 있는 천국으로.

할머니가 떠나고 한동안 그 음절들이 생각나 괴로웠다. 가느다랗고 강한 할머니가 간절하게 내뱉은 그 음절들이 작은 씨앗이 되어 내 귀에 자라나는 것 같았다. 만질 수 없고 안을 수 없지만 목소리에 모양이 있으면 이렇겠다고 생각했다. 귀에서 자라던 목소리가 조금씩 작아졌다. 그럭저럭 일상을 살며 할머니가 그리울 때면 시에 할머니를 썼다. 시를 읽으며 할머니가 듣겠지 믿고 할머니에게 이건 내 목소리라고 말했다. 괜찮은 듯 살다가 한 번씩 어떤 사랑에 의심이 들 때면 할머니의 목소리를 꺼내 듣는다. 할머니는 네 음절로 내 귓가에 속삭이면서 세상이 나를 속여도 사랑을 의심하지 말라고 나를 타이른다. 할머니는 그렇게 순간순간 나타나 일러준다. 마지막까지 온 숨을 모아 내게 뱉은 사랑을 기억하라고. 처음에는 이 목소리가 나타나 윙윙거릴 때마다 피하고 싶었다. 만날 수 없다면 들리지 않았으면 했다. 그러나 이제는 내가 할머니를 더 먼저 찾는다. 세상에서 사라진 목소리는 누군가의 세상을 지킨다.

존재한다는 것의 의미를 다시 쓴다. 살아 있지만 불분명한 것과 이미 없지만 분명한 것에 대해. 어쩌면 존재한다는 것은 혼자 아무도 없는 정원을 걷는 일인지도 모르겠다. 혼자이지만 누군가와 함께 걸으며 존재하는 것. 내가 버리지 않은 목소리들이 지저귀는 정원에서. ● 목소리 | 나에게만 들리는 영원한 안부

○

[명사] 1. 눈알 바깥면의 위에 있는 눈물샘에서 나오는 분비물 2. 참는 능력이 들키는 순간

이것은 새가 오늘을 사랑한 이야기

이 낯익은 공백을 진심이라고 부를 수 있는지

어디로 흘러가는지 모른 채 아름답고 싶었던

– 「작별의 새」 중에서

눈물을 잘 감추는 법을 알아간다. 괜찮은 척 참을 줄 알고 적당히 외면할 줄도 안다. 어른이 된다는 것이 무엇인지 묻는다면 그중 하나로 말하고 싶은 것. 슬픔의 전염이 없도록 타인을 위해 슬픔을 감춘다고 생각했는데 어떤 슬픔은 나의 몰입이 두려워 일찌감치 감춘다. 타인은 개입할 수도 없이 내가 내 슬픔을 다 차지하는 슬픔. 그렇게 우리는 감추는 능력을 길러낸다. 그러나 대부분의 타인에게 그 능력을 꺼내 쓸수록 능력은 가끔 한 사람 앞에서 바닥난다. 완벽한 어른 이전에 완벽한 인간이란 없다는 것을 알아가며 한 사람을 붙잡게 된다.

몇 개월 넘게 참았다. 누구에게나 감당할 수 있는 슬픔이 있을 텐데, 나는 너무 나약한 게 아닌지 몇 번이나 생각했다. 우리가 슬픔을 예상할 수 없겠지만 적당히 막아가며 살던 나는 막아낼 수 없을 만큼 예상한 일이 아니었다. 대부분의 슬픔이 그렇겠지만. 그래도 참았다. 늘 그래왔듯 능력을 잘 써가며 아무 일 없는 척 지내고 나아질 거라고 믿었다. 어떤 믿음은 기한이 없어서 그냥 믿을 수밖에 없다는 걸 알려주는 것 같았다. 누가 묻지 않으면 아무 일 없이 잘 지내는 것처럼 보이니 잘 참다가 표정을 그냥 두어도 되는 밤이 오면 맘껏 울었다. 그렇게 지내던 어느 날, 더 참을 수는 있는데 혼자 있으면 안될 것 같았다. 나는 잘 참아낼 수 있다고 되뇌며 엄마 집으로 갔다.

엄마가 차려준 한 상을 싹 비웠다. 무엇을 먹고 있는지는 몰라도 위안의 맛이 났다. 나는 아주 잘 지내는 척 책 이야기도 하고 식물 이야기도 했다. 그러다 대뜸 엄마가 물었다. 얼굴이 해쓱한데 말해보라고. 그 말을 듣고도 잘 참았다. 별일 없다고 웃었다. 엄마는 다시 물었다. 괜찮은 거냐고. 입술을 삐죽거리며 참았으나 터졌다. 눈물이 펑펑. 엄마는 당황한 기색이 없었다. 이미 알고 있었다는 듯이 기다렸다는 듯이 기다려주었다. 정말 30분을 내내 울었다. 이렇게 우는 모습에 놀라기도 했을 텐데 엄마는 아무 말도 없이 나를 쳐다봤다. 쏟아내야 바닥이 보인다는 듯이 아직 좀 더 울라는 듯이.

아직 좀 더 울게 남았는데 지쳐서 울음이 그쳤다. 엄마가 첫 마디를 뗐다. "어릴 때도 울음을 참 잘 참았는데. 그러다 터졌지." 엄마는 30분 동안 얼마나 많은 말을 하고 싶었을까. 엄마의 첫마디는, 그때도 그랬고 지금도 그랬으니 너도 너에게 놀라지 말라는 말 같았다. 나도 기억하지 못하는 내 눈물들을 다 아는 한 사람. 슬픔을 감추는 능력이 있다고 생각했는데 아니었다. 그냥 오래 잘 감추다가 터지게 되는 능력 정도만 길러온 것.

슬픔은 참을 수는 있지만 언젠가 터뜨리게 된다. 슬픔을 나눠줘도 전염되지 않을 만한 사람을 만나게 되었을 때. 슬픔의 빛 안에 내가 그를 가두는 것이 아니라 그 슬픔을 보관해주는 이. 생각해보면 그 한 사람은 언제나 엄마였다. 내 모든 치부를 알고 제 능력 따위의 유효 기간을 아는 사람. 나도 기억 못 하는 어릴 적 눈물, 사춘기 때 우정으로 힘들어 울던 눈물, 수능을 치고 돌아와 걱정하던 눈물까지 엄마는 모두 안다. 내가 눈물을 얼마나 흘리면 그치는지, 어떻게 다시 웃는지 그리고 얼만큼 시간이 지나면 에피소드처럼 말하는지도. 그래서 내가 슬픔을 감춰도 엄마는 알았을 거다. 알알이 맺힌 눈물들이 더 매달리지 못해 땅에 닿을 날을. 이 한 사람에게 나는 늘 속수무책으로 슬픔을 감추는 능력을 뺏긴다.

우리는 슬픔을 어릴 적부터 알았다. 장난감을 뺏기고 그네를 양보해주지 않는 친구와 놀며 단순한 슬픔은 시작되었으니까. 슬픔의 범주는 누구도 정할 수 없다. 내 나이에서 느끼는 감정으로 내가 슬픔을 느껴왔으니까. 그러니 마음대로 정하고 슬퍼해도 된다. 아주 어릴 적부터 슬픔을 느껴왔다면 우리는 저마다 적당한 능력을 갖고 있을 테니 그것을 믿으며. 눈물을 감추는 게 완벽한 어른이라고 믿었는데 그게 아닌 거다. 오랜 시간 터득해온 능력으로 자신의 눈물을 잘 다루는 게 어른임을.

　눈물은 시도 때도 없이 흐른다. 누군가의 한마디에도 영화 한 장면에도 노래 가사에도 언제든 흐를 준비가 되어 있다. 이렇게 흔하게 흐르니 우리는 저마다 눈물을 다루는 법이 모두 다른 것일지도 모르겠다. 어떤 이는 잘 드러내는 능력을 갖고 있고 어떤 이는 잘 숨겨두는 능력이 있겠지. 그러나 이 능력은 영원하지 않을지도 모른다. 그러니 불현듯 한 사람에게 쏟아내게 된다면 능력의 한계를 받아들이기를. 생을 버티려면 영원한 슬픔은 없다고 믿는 것처럼. ● 눈물 | 참는 능력이 들키는 순간

○

[명사] 1. 자기가 마땅히 하여야 할 맡은 바 직책이나 임무 2. 한 사람이 대상을 채우는 법

가끔은 어떤 은유에 나를 넣어두거든
내가 나를 버리지 않으려고

그렇게 내가 나를 선택해 보려고

- 「나와 나」 중에서

우리를 우리답게 하는 방법에 대해 생각해본 적
이 있다. 타인에게 누구 중 하나가 되는 것이 아니라
우리가 각자 하나로 존재하는 것. 각자가 다른 존재임
을 알아주는 것의 시작은 이름을 잘 기억하고 잘 불러
주는 일이라고 생각했던 적이 있다. 그것을 이름의 역
할이라고 할까. 그래서 지인과 같은 이름을 가진 사람
을 만나면 이름이 역할을 다하지 못한다는 생각에 그
들의 다른 특징을 기억하려고 노력했다. 단순히 이것

을 역할이라고 생각하면서. 그러나 한 사람의 이름을 기억하고 부르는 일은 우리의 역할이 아니라 이름의 쓸모 정도였다는 것을 알아간다. 쓸모를 넘어 존재의 이유가 되는 것들의 이야기를 듣게 되면서부터.

존재들은 그 의미를 넘어설 때 역할을 얻는다. 달이 그 의미를 넘어설 때 우리가 밤하늘을 올려다볼 이유가 생기고 풍선이 그 의미를 넘어설 때 어린아이가 풍선을 놓치고 우는 이유를 알게 되는 것처럼. 우리가 각자의 이름을 넘어서는 뉘앙스를 저마다 갖게 되면서 단 하나의 역할이 된다. 이 역할은 어떤 다른 것도 대신할 수 없는 힘을 얻는다. 이것은 한 존재를 오래 보고 품고 껴안아 사랑해본 사람만이 알 수 있기에.

너와 내가 서로를 누구보다 사랑해도 서로가 될 수 없는 까닭은 각자 새겨온 것들의 의미가 다르기 때문일 거다. 우리는 수많은 타인 속에서도 세상 앞에서 혼자 치이고 부대끼고 품으며 사연을 가진다. 밤새 울어본 이유가 다를 것이며 자신을 내어주면서 희생한 대상도 다르다. 삶의 희열을 느낀 순간이 같을 수 없고 생의 마지막을 지켜본 경험도 절대 같지 않다. 우리는 삶의 순간마다 어떤 대상을 만나고 보고 들으며 나는 대상에게 의미가 되고 그는 내게 의미를 준다. 의미가 되거나 찾으려 하지 않아도 새겨지는 것들. 그렇게 스치는 것마다 혼자인 것이 없어서 사물에 우정이 있고 장소에도 희비가 생긴다. 내가 너를 완벽히 이해할 수 없는 이유도 내가 나를 완전히 보호할 수 없는 이유도 이 의미들이 만드는 역할일지도.

사물, 풍경, 사람, 장소 등 모든 것은 역할을 얻고 우리는 그 역할을 손에 쥐고 살아간다. 세상에 존재하는 것들의 역할을 하나씩 알아가며 우리는 각자의 마음에 그것들을 잘 둔다. 의자가 필요할 때 의자의 역할을 꺼내어 잠시 쉬고 화분이 필요할 때는 화분을 꺼내어 물을 주면서. 의미를 넘어선 역할들을 가진 우리는 나의 이름보다 유일한 존재가 되어간다. 아무도 모르는 비밀스러운 역할들을 가진 유일한 존재가.

비유는 이렇게 역할을 사랑할 때 힘을 가진다. 한 이를 다른 대상으로 이름 짓는 일, 한 이가 그 이름을 잃고 더 오랜 이름을 얻는 일. 이 비유의 힘은 시를 쓰게 하고 비유의 역할은 시의 쓸모가 된다. 비유는 그의 역할에서 시작된다. 이 역할은 기능적인 의미가 아닌 삶의 의미이다. 삶에서 그가 어떤 역할인지 생각하면 세상의 온갖 아름다운 대상이 그를 대신한다. 한 이를 오래 두고 싶어서 그 이를 대신할 대상을 며칠, 길게는 몇 달 찾는다. 몇 년이 지나 찾을 때도 있다.

그렇게 우리는 서로에게 역할이 된다. 이름이 없이도 서로를 사랑할 만한 힘을 얻으며 시공간을 넘어 서로를 만날 길을 연다. 다시는 부를 수 없는 이름도 오래전 잊었다고 생각한 이름도 그렇게 역할로 영원을 산다. 세상의 많은 역할을 만나지 않았다면 지금까지도 이름을 기억해 불러주는 일이 한 사람의 존재를 가장 의미 있게 만들어준다고 생각했을 것 같다. 그 이름이 저마다 쌓아온 많은 역할을 모른 채 이름의 역할만 생각하면서. 그랬다면 아마 우리는 조금 더 외로웠을 것 같다. 하나의 대상이 가진 수백 개 수천 개의 역할을 몰랐을 테니. 크리스마스트리에 걸린 방울이 저마다 다른 역할을 한다는 것을 말이다. 같은 모양의 방울이 저마다 다른 역할로 한 해를 정리한다는 것을.

우리는 누군가에게 역할이 될 것이다. 사랑이었다가 오늘은 슬픔일지라도 우리는 한 이에게 유일한 역할이었다는 것만으로도 기억되겠지. 그렇게 서로로

인해 우리는 역할을 얻겠지. 영원할 수 없어도 그때는
찬란했던. ● 역할 | 한 사람이 대상을 채우는 법

 시차

○

[명사] 1. 어떤 일을 하는 시간이나 시각에 차이가 지거나 지게 하는 일 2. 모든 나를 빌려 쓰는 시간

입김이 사라질 때까지
유리창에 시를 적어야지

지우면서 쓰는 말들을
영영 잊지 않을 것처럼

– 「히아신스 일기」 중에서

밤은 대개 잠든 사람이 많다는 전제가 위안이 될 때가 있다. 말을 거는 사람도 거의 없고 누가 말을 걸어도 답이 늦어도 된다. 자발적으로 섬에 있는 기분이 이것과 닮았을까. 고요한 밤에 소란한 마음을 정리해 본 사람이라면 알 거다. 시계를 한 바퀴 돌리면 나만 다른 곳에 있는 기분. 이 고독하고 충만한 밤을 가져본 사람이라면 밤이 낮보다 환한 이유를 알 거다. 시계를 한 바퀴 돌린 기분을 꽤 자주 만끽하며 살지만 아주 가끔 시계를 다시 한 바퀴 돌려 내일의 낮을 빌려 쓰고 싶은 날이 있다. 밤에 찾아오는 손님을 알게 된 후부터 지금까지 그렇다.

시집을 준비하며 원고를 다듬던 겨울 새벽이었다. 늘 그렇듯 원고를 다시 읽고 고치며 이런 저런 생각을 하고 있었다. 몇 분 전에 메일이 도착해 있었다. 누가 메일을 보낼 시간이 아닌데 생각하며 열었다. "산티아고에 사는 독자입니다." 한낮의 산티아고에서 도착한 메일이었다. 고요하게 고립되기 좋은 시간에는 지인의 연락도 잘 확인하지 않는 내가 어떤 마음이었는지 긴 메일을 읽고 바로 답장을 썼다.

산티아고에 살고 있는 독자는 점심을 먹은 뒤 메일을 쓴다며 그가 앉아 있는 카페의 풍경, 공원에서 내 시를 읽은 이야기 등을 이야기했다. 얼마 전 연인과 이별했다는 그는 어떤 시에서 사랑을 떠올렸는지 담담히 말해주었다. 담담히 말하는 그에 비해 감각이 집중된 새벽을 살고 있는 나는 그보다 더 그 이별에 젖었던 것도 같다. 나는 저녁을 먹은 한참 뒤라고, 한국은 대부분 잠든 시간이라고, 겨울이라 새벽이 유난히 조용하다고 썼다. 낮과 밤이 완벽히 바뀐 우리이기에 상대가 느낄 수 없는 각자의 밤낮을 보여주려고 애쓰는 듯이.

다른 시간을 살아가고 있다는 것은 감정을 숨기기 좋다는 뜻일 수 있다. 대략 서로의 상황을 짐작하지만 완벽한 공감이 어려운 연인처럼. 우리는 낮과 밤을 정확히 반대로 살며 서로의 밤낮을 짐작했지만 나는 대낮의 빛을 볼 수 없었고 그는 한밤의 고요를 가질 수 없었다. 그래서 좋았다. 인간이 비슷하게 낮과 밤에 느끼는 감정이 있어 서로가 섣불리 상대의 마음을 짐작하는 실수가 없어서. 감정을 들키는 데는 낮과 밤이 비슷하게 흘러가는 이유였을 수도 있겠구나 그때 조금 깨달았다.

어떤 마음이었던 걸까. 낯설다고 하기에는 위로였으며 위로라고 말하기에는 신선했다. 그 뒤로 몇 번 메일을 주고받으며 그는 밤을 물었고 나는 낮을 들었다. 밤이 좋은 이유는 아무 말도 하지 않아도 되기 때문이었는데 대화를 찾는 내가 어색했다. 고독은 환영을 받지만 고립은 두려운 밤이 누구에게나 온다는 것을 그렇게 알아갔다. 고독과 고립의 경계에서 밤을 지샐 때면 그에게 가끔 메일을 썼다. 한낮을 살고 있는 그는 대부분 빠른 답장을 주며 한낮의 빛을 쏟아부어주었다. 내가 나의 밤을 묘사해도 새벽을 무엇에 비유해도 그는 적당히 상상만 했겠지. 그래서 나는 나의 밤에서 안전하게 지낼 수 있었다. 나의 밤을 해치지 않는 선에서. 그가 이별과도 잘 이별한 뒤에 어느 날 나를 찾는다면 나의 밤을 잘 쏟아주고 싶다. 그날이 온다면 시를 하나 선물해 줘야지. 내가 받은 대낮의 빛처럼 그의 밤을 차곡차곡 채워줄 시를.

새벽에 산티아고에서 보내온 빛을 충전하면 서재에서 몇 시간 책을 읽었다. 시계를 한 바퀴 돌리려다가 다시 멈춘 시간에서. 십여 년 전에 읽었던 시집을 다시 읽었다. 먼 곳에서부터 이미 읽은 것 같은 오늘이 있다. 마치 오늘을 이미 안 것처럼 십여 년 전에 넣어둔 책갈피. 잃어버린 오늘을 쉽게 찾게 된다. 십여 년 전에 시집을 읽는 나와 오늘의 나의 시차에 대해 생각한다. 회상과 재생과 환생 사이 어디쯤으로. 그때는 알았지만 너무나 낯선 오늘도 있다. 아직 미래가 도착하지 않았다는 것처럼 십여 년 전에 그려둔 물음표. 아직 조금 더 지나야 알 거라고. 십여 년 전 시집을 읽은 나는 이미 없고 처음처럼 시를 읽는다. 밤낮을 바꾸는 것이 시계를 한 바퀴 돌리는 일이라면 이 시차는 나를 이미 왔거나 오지 않은 오늘로 수없이 보낸다.

　책을 읽다 아침이 되어 잠이 들 때면 생각했다. 산티아고는 해가 질 무렵이겠지. 시집에서 수많은 나를 유영한 나는 안전하게 잠이 들곤 했다. 밤낮의 시차만이 나를 지키는 것은 아니라고, 미래의 나에게 말하면서. ● 시차 | 모든 나를 빌려 쓰는 시간

○

[명사] 1. 머리털을 빗을 때 쓰는
도구 2. 곱게 단장하고 싶은 젊은
날

내일로 가서 사랑의 세계를 바라보면

유연한 절망들이 보이고

거스를 수 없는 시절이 달콤해진다

– 「촘촘한 길」 중에서

곱게 다듬는 것에 대해 생각한다. 정성을 쏟은 시간을 들여 단정해지는 순간을 바라보는 일에 대해. 때로 그것이 나만 아는 아주 작고 미세한 순간일지라도 오히려 그 작고 미세함이 만드는 꾸준한 아름다움에 대해.

가을과 초겨울 사이 자주 아침 산책을 한다. 부산했던 여름이 지나고 인적이 조금씩 드물어지는 계절. 흩어져 있던 것들이 제자리를 찾은 것 같은 그 기분이 좋아서. 시를 쓸 시기가 되거나 시가 잘 써지지 않을 때면 아침에 산책을 나서는 이유다.

두 번째 시집을 준비하던 늦가을 무렵 아침 산책을 나설 때마다 공원 벤치에 앉아 곱게 머리를 빗는 노신사를 만났다. 산책 시간이 거의 일정했는데 나갈 때마다 마주친 걸 보면 노신사는 아마 매일 그 벤치를 찾은 듯 보였다. 몇 번은 그냥 지나치다 초겨울 무렵까지 이어진 마주침에 그를 한참 바라보기 시작했다. 그의 정성스러운 손길을, 그의 가느다란 머리카락이 정돈되는 순간을, 그리고 이 모든 것을 여유롭게 받아들이는 그의 표정을.

그의 아침은 특별한 것이 없었다. 벤치에 앉아 주머니에 챙겨온 빗을 꺼내 머리를 곱게 다듬은 후 챙겨온 일간지를 읽거나 휴대폰을 보거나 운동기구를 하는 이들을 바라보는 정도. 멋이라고 하기엔 그는 늘 혼자였으며 주변을 의식한 것이라 하기에도 그는 그냥 착실히 같은 일을 해냈다. 그에게 빗은 어떤 마음가짐이며 어떤 믿음인지.

계속 그를 지켜보기로 했다. 마음가짐과 믿음에 대해 생각하면서. 마음가짐이 어떤 시간을 통과하기 위한 매일의 자세라면 그 자세를 잇는 수많은 점이 믿음이 아닐까. 주머니에서 빗을 꺼내는 매일의 자세와 흩어지고 비어가는 머리카락을 한 올 한 올 잇는 믿음. 몸에 익은 듯한 행동에서 그의 마음가짐과 믿음이 두터워진 시간을 본다. 늙지 않겠다는 마음가짐이 담긴 빗질에는 활자를 잊지 않고 세상을 가까이하면 생의 속도를 조금 늦출 수 있을 거라는 믿음이 있겠지, 그 마음가짐의 시작에는 젊은 날보다 쇠약해진 그의 몸과 작아져 가는 글자들이 있겠지. 흰머리가 곱게 물든 그를 보며 젊은 그를 상상하다가 고단하게 지키고 싶을 그의 젊은 날을 짐작했다.

책을 읽고 있는 노신사를 보며 외할머니 방에 있던 사진 한 장이 떠올랐다. 외할머니가 떠나기 몇 해 전 화장대 서랍에서 본 사진은 삼십 년 전 노신사, 외할아버지였다. 곱게 양복을 입고 있던 외할아버지의 머리칼은 벤치의 노신사와 거의 같았다. 곱게 빗질을 하고 한 올도 흘러내리지 않도록 정돈한 머리. 그 가지런한 젊음은 외할머니가 기억하고 싶은 삼십 년 전 떠난 외할아버지의 모습이 아니었을까. 당신이 당신을 돌볼 수 있던 아름다운 시절, 우리가 기억하고 싶은 아름다운 당신. 늦가을에서 겨울까지 만난 노신사에게서 삼십 년 전 외할아버지와의 우정이 느껴졌다.

노신사의 빗은 그가 지키고 싶은 이성과 젊음으로 가는 문이었을지도 모르겠다. 고왔던 젊은 날의 자신이 아침마다 일간지를 읽었던 시절을 잃고 싶지 않아 매일 벤치에 앉아 그때로 가는 문을 연 것이라면. 늦가을이 지나 초겨울이 오고 그날도 그는 벤치에 있었다. 나의 아침 산책은 거기서 끝났다. 그다음 해 봄에도 그의 빗은 아마 정성스럽게 또 그의 젊은 날을 촘촘히 다듬고 있었으리라. 내 믿음 속 노신사의 봄은 큰 벚나무 아래 벤치. 그가 빗은 희고 반짝인 흰머리들 사잇길에 벚꽃이 우수수 떨어져 주었기를. 그의 청춘에 사랑하는 이와 걷던 벚꽃 길을 닮았기를. ● 빗 |
곱게 단장하고 싶은 젊은 날

  뒷모습

○

[명사] 1. 뒤에서 본 모습 2. 한 사
람을 그리는 모양

두 개의 구름이 온 하늘을 뒤덮을 때가 있지

처음처럼 둘만 남는다는 백지의 논리가 있지

- 「보색에게」 중에서

숨겨두고 싶은 당신의 눈빛을 본 적이 있다. 할 말이 많은 듯한 모습에 어떤 말도 듣고 싶지 않아 당신의 입술을 가려본 적도 있다. 비껴가는 마음들을 주고받다 보면 훤히 둔 진심에 속기도 하니 어쩌면 우리는 각자의 진심을 오해하는 편이 나을 수도 있다. 타인을 오해하는 것이 타인을 오래 이해할 수 있는 방법임을 터득하는 시간은 꽤 서글펐다. 이해하기 위해 오해한다는 것은 여전히 어려운 일이지만 마음의 뒤편에

서서 오래 사랑하기 위함이라며 스스로를 위로한다. 누군가의 뒷모습을 오래 바라본 적이 있다면 그를 사랑한 것일지도 모른다.

타인은 영원히 모를 이야기는 연인의 뒷모습에 있지 않을까. 바다에 있는 연인들의 뒷모습을 한참 바라본 적이 있었다. 그들은 어깨가 닿을 듯 말 듯 가까이 앉아 나란히 앞을 바라보고 있었다. 노을이 지고 있었고 노을이 바다를 물들이다가 잠시 백사장 전체를 물들이던 때. 가끔 어떤 빛이 아주 짧은 시간 세상을 물들일 때가 있는데 이런 순간은 연인에게 허락된 것 같았다. 나란히 앉은 그들의 어깨선을 오래 보았다. 굵은 선과 가느다란 선이 만나 연인이 된 듯이 어깨선이 그들을 서로 오래 감싸주었겠지 생각하면서. 어떤 선은 떨어져 있어도 끈끈하다는 생각이 들었다.

노을의 시간이 끝나고 세상은 밤의 색을 찾아갔다. 두 어깨가 포개어져도 좋을 것 같다고, 어둠 속에서 서로만을 확인해도 좋을 것 같다고 생각했다. 두 몸이 만든 뒷모습에서 우리는 불안보다는 안정을 예측하며 고립보다는 포옹을 기대하니까. 아무도 그 이야기를 모른 채. 바다 앞에 앉은 내내 한 마디도 없던 그들은 자리에서 일어나 각자 반대편으로 걸어갔다. 영영 안녕이라는 듯이. 노을이 허락한 그들의 뒷모습은 무엇을 정리하고 무엇을 나눠 가진 걸까. 우리는 영원히 그 뒷모습의 시간을 알 수 없겠지만.

　　누군가의 비밀을 바라보기에는 뒷모습이 좋다. 침범하지 않을 만큼의 관심과 무례하지 않을 만큼의 관찰이라고 할까. 한 계절을 동안 지켜본 청년의 뒷모습이 그랬다. 공원 벤치에서 자주 마주친 청년이 있었다. 그 벤치는 앞에 사람이 걸어 다닐 공간이 없는 좁은 공간에 벽을 바라보게 놓여 있었다. 저녁 산책을 하는 날이면 자주 그 청년을 만났는데 좁은 공간 덕에 그의 앞모습을 한 번도 본 적이 없다. 처음에는 그가 어떤 표정으로 앉아 있는지, 벽을 늘 응시하고 있는데 벽에 어떤 암호나 그림이라도 있는지가 궁금했다. 그러다 그의 비밀을 지켜주고 싶어졌다. 그 좁은 공간을 택하는 저녁을, 벽을 계속 바라봐야 하는 눈꺼풀을, 가끔 얼굴로 향하는 손가락들을. 해석되지 않은 감정은 우리를 조금 더 살아내게 할지도 모른다. 그가 벽을 바라보며 궁금해했을 감정과 내가 그를 바라보며 끝까지 알 수 없던 감정들처럼. 어떤 날은 비가 내렸는데 우산을 쓰고 서 있는 그를 봤다. 그에게 내린 비가 소복했기를 바랐다.

　오해와 이해 사이에 아름다움이 있다면 그 이름을 뒷모습이라고 하고 싶다. 묵묵히 할 수 있는 일이 있다면 뒷모습을 보는 일일지도 모른다. 내가 알고 싶은 만큼 보이고 아낄 수 있을 만큼 지켜볼 수 있는 모든 뒷모습을. 우리는 이해할 수 있는 마음보다 이해할 수 없는 마음이 더 많을 것이며 끝내 오해하며 그 자리에 둘 것이다. 그러나 우리는 안다. 우리가 누군가를 사랑하는 일은 어쩌면 뒷모습만을 오래 봐야 한다는 것을. 뒷모습의 비밀들을 오래 지켜주고 싶다. ● 뒷모습 | 한 사람을 그리는 모양

살아봤을 법한 미래로 돌아가보면

등　파도　오해　책상　오므라이스　독자　노력　기억　숲　낮달　동거　안녕　골목　크리스마스

31　32　33　34　35　36　37　38　39　40　41　42　43　44

○

[명사] 1. 사람이나 동물의 몸통에서 가슴과 배의 반대쪽 부분 2. 안전하고 따뜻한 벽

한낮에 우는 사람에게 길을 물으면
다음 행선지를 알려주지 않을까

기억과 악연을 바꿔 읽고 싶어

– 「밝은 밤」 중에서

어떤 곳에 기대면 고해성사를 할 용기가 생긴다.
단단하나 공허하지 않고 막막하지 않은 곳. 시련은 벽
을 닮아 부서지지 않고 틈이 없지만 이렇게 작고 따뜻
한 벽을 만나면 무엇이든 고백하고 싶다. 나의 치부와
부끄러움과 눈물을 한껏 토해내며 등을 끌어안는다.
영원히 기대고 싶은 나의 벽을.
　　벽을 찾아다니던 날들이 있었다. 외지고 비밀스
러우며 나와 마주 보지 않는다는 게 안전하게 느껴

졌기에. 일방적인 고백은 이기적이지만 때로는 배려의 얼굴이 된다. 혼자가 필요한 사람에게만 보이는 얼굴. 벽에 서서 나는 나와만 있고 싶었다. 벽에 서서 말을 쏟아내면 부딪힌 말들이 다시 내게 돌아왔지만 허공이 아닌 공허가 차라리 나았다. 아주 거대한 이가 앞에 서서 듣고 있는 기분에 말을 다시 쏟아내다가 잘 듣고 있는지 눈을 떠 한 번씩 쳐다봤다. 당신에게 과묵한 답을 듣게 된다면 이런 기분일까 생각하면서. 어떤 막막함은 더 막막한 벽 앞에서 다정함을 견주는 것 같았다.

몇 해 전 가장 행복한 소식을 들었던 성북동 벽. 그 믿음 때문인지 언제부터 삶이 어지러울 때면 그 벽을 찾았다. 가장 행복했던 나를 기억하는 벽 앞에 서서 지금은 아니라고, 그때보다 안전하지 않다고. 오르막길을 오르다 보면 낙엽이 틈을 비집고 나와 가지를 친 벽을 만나는데 그 앞에 서면 벽이 살아 있구나 싶다. 틈을 비집고 나온 가지가 가느다란 손 같아서. 손을 한 번 잡아보려다 부끄러워 할 말만 해댄다. 내 고백은 일방적이지만 누구라도 들어달라는 속마음을 들킨 것 같다.

벽을 찾아다니던 어느 날 악몽을 꾸었다. 고해성사를 할 곳을 잃은 이가 찾아낸 혼자 말할 곳은 꿈이었을지도 모르겠다. 그러다 잠에서 깨었을 때 작은 등을 끌어안고 있었다. 나도 모르게 새벽 내내 한동안 말을 쏟아냈다. 집 안에서 찾은 작고 따뜻한 벽이었다. 등에 얼굴을 대고 있으면 벽에서 많은 말이 들렸다. 내 목소리가 떠다니고 내가 내 귀에 기울이는 느낌. 바깥 벽이 무심하고 단단한 고해성사 같았다면 침대 위 등은 일부러 내어준 외면 같았다. 그 첫 느낌을 아직 잊지 못한다. 등을 안고 잠들면 작고 따뜻한 네가 내 말을 알아챌까 봐 어떤 말은 숨기고 어떤 말은 아주 작게 뱉는다. 아침이 되면 또 벽을 찾아 나갔다. 등에서 못한 말을 벽에 또 쏟아냈다. 무심함과 다정한 외면을 오가며 등과 벽에서 나는 조금 서러웠고 조금 포근했다.

모든 인연의 끝은 등이 마주하며 멀어지는 그림자일지도. 어느 해 부암동 벽에서 인사를 하고 우리는 등을 돌려 돌아갔다. 오랜 시간 붙어 있던 어깨를 털고 안녕이라는 듯이. 우리는 짐작하지 않으려 뒤돌아보지 않았으나 그림자를 따라가며 거리만큼 헤어졌다.

기대는 것과 돌아선다는 것의 거리를 생각하면서.

　　나만 앞을 향해 있다는 점에서 벽과 등은 도피처였다. 마주 보지 않으니 내가 살필 것이 없는 이기적인 도피처. 어떤 말을 하든 돌아오는 것이 없어 가볍고, 이 응답 없음이 외로웠던 본능적인 도피처. 고립과 구애 사이에서 나를 저울질하며 쏟아내는 것도 나였고 찾아헤맨 것도 나였다. 쏟아낸 것을 다시 담아야 하는 사람도 나다. 고립과 구애가 결국 하나라는 것을 그때는 알지 못했다. 우리가 등을 돌려 각자의 벽으로 걷기까지.

　　단단하면서 영원하지 않은 것에 대해 생각한다. 어떤 마음은 부서지지 않고 단단해지다가 사라지는 것처럼. 고통스러운 것은 벽에 스며드는 듯 했으나 그렇지 않기도 했고 등에 포개지는 듯 했으나 또 아니었다. 가장 단단하다고 생각한 벽과 가장 무르다고 생각한 등을 모두 얻고 잃은 후에야 알았다.

　　지나간 고통을 생각해보면 쏟아낼 곳이 있었고 담아둘 마음을 얻은 것 같다. 완전히 해소되는 것은 없으며 완벽히 채워지는 것도 없었다. 밤마다 빌린 등에서 우리의 벽이 허물어졌으며 뒤돌아선 등에서 우리의 벽이 세워졌듯이. 나는 종종 따뜻했던 등을 생각하며 단단한 고통 앞에 선다. 우리의 등이 알려준 것.

● 등 | 안전하고 따뜻한 벽

○

[명사] 1. 바다에 이는 물결 2. 들
어오고 나가는 생의 시

절망의 곡조는 유예하는 게 좋습니다
희망이 애도를 재촉하지 않도록
불완전한 능력을 갖고 싶어요

–「애도의 능력」 중에서

밀려나가고 모아 들어오는 것들과 살아간다. 자리를 마련해두지 못한 채 고통을 한 아름 받기도 하며 산뜻하지 않게 보내주기도 한다. 담아둘 수 없는 것들을 저마다 잘 기억하며 살며 흘려보냈다 생각하지만 긴 시간이 흘러 모든 것이 제자리에 있었음에 안도하기도 하면서. 바다 앞에 서면 밀려오고 쏟아내며 그 자리에 선 우리를 본다.

마음의 자리가 잘 정돈되지 않을 때면 바다를 찾

는다. 백사장에 앉아 그냥 바다만 본다. 사람이 없는 자리를 찾아 몇 시간을 앉아 있으면 밀려왔다가 다시 나가는 모양, 흰 거품이 가득했다가 사라지는 결, 이 모양과 결이 만드는 소리에 집중하게 된다. 제자리를 맴도는 듯 하나같지 않고 한 움큼 쥔 듯 하나 금세 사그라지는 것들을.

맨발에 파도가 닿으면 생각했다. 밀려드는 것에 나는 얼마나 관대했는지에 대해. 몇 해 전 감당하기 힘든 일이 터졌다. 내 나이에 적당한 고통은 얼마인지, 그럼 이 일은 예상하지 못했으니 힘든 게 당연한지, 왜 조금 더 잘 버텨낼 수 없는지 많은 질문이 가지에 가지를 쳤다. 감당할 수 없음은 방 안에 온통 바닷물이 차오르는 느낌이었다. 주변에 손을 뻗기 전에 일단 내 두 손부터 꽉 잡게 된다. 정신을 차리지 않으면 안 될 것 같아서 내가 세상으로부터 나를 먼저 감당해야 한다. 우리는 적당히 힘든 선에서는 시간을 기다리며 버틸 줄 안다. 삶은 한 번씩 그래온 적이 있으니 더 악화되지만 않으면 된다는 믿음이면 된다. 그러나 그래온 적이 없는 일 앞에서는 더 악화될 거란 확신만 있었다. 물이 발목을 넘어 무릎까지 넘어오다 턱까지 차오를 것 같은 느낌. 내 방이 그랬다. 끝은 분명히 있다고 세상이 악을 벌할 거라고 잘하고 있다고 주변에서 말해주었지만 방 안의 물은 한 컵도 빠지지 않는 것 같았다.

파도가 발에 묻은 모래알들을 쓸고 나가면 생각했다. 밀려가는 것에 나는 얼마나 후련했는지에 대해. 대부분의 일에 끝은 있다. 그러나 그 끝이 보일 때 우리는 끝으로 걸어가는 것이 아니라 다시 처음에 우리를 세운다. 진작 끝을 알았다면 조금 더 담담했을지, 사건이 시작될 신호를 왜 더 일찍 알아채지 못했는지, 다시 그 일을 겪는다면 처음 나는 어떻게 할지 늦은 후회와 이른 포부를 내세우면서.

이쯤 되면 고통은 대개 예상할 수 없다는 걸 안다. 그럼에도 쓸모없는 다짐으로 우리를 채찍질한다. 그토록 끝을 기다렸으면서 끝에 제대로 서기보다는 처음과 중간에 다시 서서 돌아보면서. 밀려드는 파도에 놀라 뒷걸음질 치다가 정작 파도가 밀려나가고 발등에 남은 몇 방울 물을 닦으며 아쉬워하는 아이처럼. 밀려드는 것을 두려워하는 것은 아이와 우리는 똑같을지 모르나 밀려나가는 것을 조금 더 생생하게 아쉬워하는 건 아이가 나을지도 모르겠다. 끝났다는 것을 순수함만으로 적당히 아는 때가.

들어왔다 나가는 소리를 들으며 외워두고 싶었다. 들어오고 나가는 숨소리를 안다면 다음은 조금 더 담담할 수 있을까, 다음은 조금 더 안전할 수 있을까 싶어서. 들어오고 나가는 모습을 따라해봤다. 두 번, 세 번 소리를 따라 부르면 그다음은 네 번이었다가 다시 두 번이었다가 사라진다. 외워둔 소리와 틀리고서 알았다. 들어오고 나간다는 것은 같은 주기 속에서 우리는 이 주기가 계속될 거라 생각한 게 아닐지. 그러나 이 주기 속에서 들어오는 속도에만 크게 반응하고 나가는 인사는 애써 못 본 채. 모든 것이 들어오고 나간다는 주기를 믿으면 고통을 버틸 수 있을지는 모르나 같은 주기에서 우리의 숨소리는 매번 다른 것을 잊은 채. 어떤 주기에는 작은 변화의 주기까지 모여 있었다.

시를 쓰는 일에 대해 생각했다. 행과 연에 담길 파도의 이야기에 겸손해졌다. 밀려오는 것이 시로 온다면, 고통이 나갈 것임을 짐작하고 나가는 것이 시가 된다면, 고통의 주기 안에서 불안전했던 숨소리를 회상하기를.

우리의 어떤 시절은 고통으로 정의되기도 한다. 짧거나 긴 싸움에서 누군가의 손을 잡을 수 없을 때 들숨과 날숨은 스스로를 붙잡는다. 맨몸으로 파도를 맞고 밀어내며 우리가 수많은 주기를 반복하겠지. 가장 길고 어두운 주기는 같은 주기로 오지 않을 거라고, 그 믿음을 파도에게 배웠다. 바다에서 시를 들었다.

● 파도 | 들어오고 나가는 생의 시

 오해

ㅇ

[명사] 1. 그릇되게 해석하거나 뜻
을 잘못 앎 2. 존재가 우리에게 유
일해지는 뜻

영원히 겨울은 가지 않을 것
다 자란 눈사람을 창밖으로 던질 때까지

– 「눈사람의 방」 중에서

존재하는 것들의 최대한을 잘 이해하고 싶었다.
존재의 애초와 존재의 이유와 존재의 생과 존재의 끝
을 알 수 있는 한 많이. 내가 몰랐던 존재의 밑과 뒤를
잘 드러낸 소설 한 편은 어떤 존재를 오래 살피게 했고
그렇게 존재를 더 사랑할 수 있게 했다. 무언가를 완
전하게 이해하면 그것의 거절과 실패에도 완연해질 수
있을 거라 믿었다.

존재를 있는 그대로 이해하는 것이 시를 쓰는 이

유라고 생각한 적이 있다. 목련이 지고 큰 잎을 떨어뜨
릴 때 사람에게 밟힌 모양, 리어카를 끄는 노인의 철
지난 신발, 구두를 닦는 장인의 입김 같은 것을 오래
보고 이해하는 일. 삶의 어떤 기쁨과 슬픔에도 흔들리
지 않으며 아주 오래전부터 아마 오랜 뒤까지 살아 있
을 존재들 말이다. 이 존재들을 잘 이해한다면 이것을
받아쓰는 나의 시는 삶의 어떤 것에게도 생생하리라
믿었으니까. 내게 이해란 어떤 변화에도 살아남을 애
초의 모습들에 쏟는 관심이었다.

있는 그대로 보기 시작했다. 목련의 주기에 대해
익혔고 성실한 이에게 제철은 따로 없음을 보았고 삶
을 지탱해온 누군가의 일터를 관찰했다. 존재는 모두
삶을 닮아 있어서 대개 착착 짝을 잘 이루는 것 같았
다. 목련에 할머니의 삶을 빗대고 낡은 신발에 삶의 고
단함을 떠올렸으며 장인의 입김에 삶의 기술을 비교했
다. 그렇게 세상의 모든 은유와 직유는 이렇게 존재와
삶의 닮음에서 탄생한다는 것을 알아갔다.

존재를 탐구하는 일이 시와 닮아 좋았다. 이렇게
만 존재를 착착 알아가면 시를 쓴다고 말할 수 있겠
지, 내가 쓰는 시에 확신을 가질 수 있겠지 생각했다.

존재의 뜻과 사전의 의미를 훼손하지 않으면 있는 그
대로의 삶에 우리는 잘 빗대어지겠지 생각했다. 존재
들은 대개 비슷한 장소에서 비슷한 이야기를 가지면
서 이해되어 갔다. 한 존재는 대개 있어야 할 곳에 있
으면 기꺼이 이해되었고 있어야 할 곳이 아닐 때는 슬
프게 이해되었으니까. 꽃이 대개 행복한 순간에 존재
하는 일이 반복될수록 꽃은 사랑이었다. 세상과의 작
별을 시작하는 곳에서 만개한 꽃을 보기 전까지는.

　　친구가 병으로 세상을 떠난 뒤 친구의 언니와 친
구의 자취방을 찾았다. 마지막까지 친구가 바닥을 구
르고 고통스러워 베란다에 서서 노을을 수없이 바라
봤을 곳. 좋아하던 책을 정리하며 접어둔 책갈피를 펴
보았겠지. 현실이 되지 못한 피아니스트의 꿈은 약을
털어 넣으며 포기해갔겠지. 생의 주기를 하나씩 잘라
가며 날짜를 세었겠지. 주저앉은 언니를 달래며 방을
돌아보는데 유일하게 살아나는 것이 하나 있었다. 오
늘 아침까지 무럭무럭 자라난 작약 한 다발. 며칠 뒤
면 유리병 입구보다 커질 것 같은 준비가 된 잎들. 내
가 이해한 꽃은 전부 기약과 사랑 안에 있었는데 안간
힘과 작별 안에 있는 꽃이라니. 내가 빗대어 온 꽃과

삶은 친구의 방 안에서 모두 무의미한 이야기였다.

그후로 일주일을 넘게 작약은 흐드러지게 피어 났다. 친구가 삶 끝에서 성실하게 키워내던 작약에서, 세상의 모든 사랑을 마무리하던 친구의 손에서 자란 작약에서 꽃을 비로소 이해하지 않기로 했다. 그리고 시를 이해했다. 존재를 이해하는 일이 시를 닮은 게 아니라 어쩌면 존재를 이해하지 않음으로 시가 시작되는 것임을. 존재는 애초 이해할 수 없는 것임을. 내가 존재를 잘 이해했다고 믿은 것은 존재가 가진 정의를 익힌 것뿐 존재가 엮인 세상의 이야기를 들은 것이 아니었다. 정의는 이해될 수 없었다. 나는 정의를 이해하고 해석하고 내가 봐온 존재들의 비슷한 이야기를 작은 바구니에 담아놓았던 것뿐 존재들의 다른 이야기는 경험하지 못했던 것. 내가 듣고 본 작은 세상이 존재의 세상이라고 감히 착각한 것이었다.

시를 다시 이해하고 있다. 꽃 한 송이가 탄생시킨 수억 편의 시는, 꽃의 한 가지 정의가 아니라 꽃이 존재하는 수억 편의 얼굴로 만들어졌음을. 꽃이 꽃으로 존재하지 않고 누군가의 꽃일 때 시가 되고 우리는 그것을 존재의 이유라고 부르는 것임을.

존재를 최대한 많이 오해하고 싶다. 오해는 기존의 뜻을 버리는 이해의 속사정이 아닐까. 존재들은 사람을 만나고 시절을 살며 그 존재의 의미를 잃어갈지도 모른다. 존재의 정의는 영원히 변하지 않겠고 존재의 의미는 누군가에게 닿을 때 비로소 영원의 뜻을 얻는다. 평범한 것은 특별해지고 유일해진다. 누군가에게 사랑이었다가 누군가에게는 죽음이며 누군가에게는 망각이었다가 누군가에게는 영원일 테니. 내가 시를 쓰는 동안 나의 바구니에 최대한 많은 사람의 이야기를 넣고 싶다. 그들의 존재를 성실하게 오해하고 싶다.

● 오해 | 존재가 우리에게 유일해지는 뜻

○

[명사] 1. 앉아서 책을 읽거나 글을 쓰거나 사무를 보거나 할 때 앞에 놓고 쓰는 상 2. 수많은 나를 만나기 위한 고립

단편선이 되지 못한 서사를 읽어요
이어지지 않아도 지속되는 세계

우리의 녹는점은
손톱을 물들이던 봄밤의 용기

– 「우리의 단편선」 중에서

비슷하게 반복되는 삶 속에는 아주 작은 반복들
이 촘촘하게 채워져 있다. 자고 깨는 일, 밥을 먹는 일,
사랑하는 일, 씻는 일, 후회하는 일 등. 이 작은 반복
들은 특별한 이유 없이도 그럭저럭 해낸다. 생의 평범
한 주기이거나 살기 위해 하거나 사람이라면 하게 되
는 반복들이 대개 그렇다. 자연스럽게 반복되는 일이
있다면 우리의 의지로 반복해야 하는 것들이 있다. 이
런 반복은 생의 특별한 주기가 되어 살고 있다고 느끼

211

게 하며 더 나은 사람이 되게 한다. 내게는 쓰기가 그렇다.

오늘도 책상에 앉는다. 오래전부터 하고 싶었던 이야기가 시작될 것 같아서. 열흘 넘게 머리를 맴돌던 한 문장이 다음 문장을 만들 수 있을 것 같은 순간이다. 책상 앞에 앉아 열흘 전에 스친 한 문장을 곱씹으며 그때로 돌아간다. 천천히 다음 문장을 이어가다 보면 수월하게 어떤 시간을 들추게 된다. 수월하다니, 글이 업이 된 것 같아 쓸쓸하기도 하다. 그러나 안다. 묵혀두었거나 보관하고 싶은 이야기가 활자가 되는 것을 눈으로 보며 시간이 재생될 때 그 순간이 주는 힘을. 그래서 어떻게 하든 수월하게 재생되기를 바라며 쓴다.

시간이 재생된다. 재생되는 인물들은 대부분 기쁨 속에 있지 않다. 오래전부터 묵혀왔거나 오랜 뒤에도 분명 쓰게 될 이야기들이 희극이라면 굳이 나는 그 재생 방식으로 활자를 택하지 않았을 것이다. 행복하고 풍요롭고 안온한 장면들은 내 기억 속에서도 충분히 안전하기에, 시간이 지나도 감정이 대개 그대로이기에. 재생을 선택한 것은 나인데 인물들을 만나기로 한 것도 나인데 이 선택이 나를 위한 일인지 생각하던 때가 있었다. 등단을 하고 5년째 되던 해, 문학을 하는 일이 겁이 났다. 내가 나를 위해 택한 일이 나의 어둠을 더 무모하게 들춰내는 일 같아 무서웠다. 그렇게 1년 가까이 썼다 지우며 많은 밤을 고민했지만 답은 어쩌면 정해져 있었을지도 모른다. 쓰지 않는 시간이 더 힘들었으니까. 그렇게 지금까지 이 어둠에서 유영하며 계속 쓴다.

짧은 방황을 끝낸 겨울부터였을 거다. 습관적으로 책상에 앉았다. 쓰는 일에 더는 자유를 주지 않아야 했다. 그냥 쓰는 일이 당연한 듯이, 오늘도 마땅히 가야 할 곳이 있는 사람처럼 책상으로 갔다. 내가 더는 문학의 쓸모를 찾지 않도록. 책상이어야만 했다. 어떤 인물들과 그들의 세계에 접속하려면 최대한 많은 것이 보이지 않고 최소한의 귀한 것이 보이는 곳이어야 했다. 마주 보는 곳에 벽만 보이도록 책상을 두고 잡생각이 떠오르더라도 다음 생각으로 이어지지 않게 애쓴다. 일주일에 2, 3일은 그냥 앉아 있거나 한두 줄만 쓰고 일어나기도 한다. 어떤 날은 시 몇 편을 쓰기도 하는데 그렇다고 후련하지는 않다. 한 번에 너무 많은 인물이 머무는 것은 몸살의 신호이니까.

어떤 날은 오래전 사진 한 장을 책상에 두고 며칠, 몇 주 친해져본다. 시간이 흘렀어도 아직 할 말이 남았기에 골똘히 본다. 어떤 말을 들려줄 것 같아서 가만히 기다린다. 어떤 날은 향을 피워두고 앉는다. 재생하고 싶은 그날과 어울린다는 말로는 부족하지만 가장 비슷한 향을 골라 그날의 공기라고 믿는다. 내게 최면을 거는 마음으로. 시가 되거나 일기가 되는 날도 있지만 아무것도 얻지 못하는 날이 더 많다. 그럼에도 책상에 앉는 이유는 아마 노력이라는 이름일 거다. 마주 앉는다는 것만으로, 만나기 위해 애썼다는 것만으로 나는 나에게 조금 덜 미안해지니까. 어찌됐든 책상은 어떤 계획도 힌트도 주지 않는다. 얼마를 쓰게 할 것인지 며칠을 못 쓰게 할 것인지 알려주지 않는 불친절한 단짝이다. 그냥 바라지 않고 쓴다. 내가 택한 삶인데 하며 생각나면 생각나는 대로, 잊고 싶으면 잊어가며 그렇게 쓴다.

오래전부터 생각한 한 문장이 물꼬를 틀 것 같아 책상에 앉는 날은 자주 없다. 그런 날이 많다면 시를 일기처럼 매일 쓰겠지. 그러나 시가 되지 않은 그 많은

날이 가르쳐준 것을 믿는다. 쓸모를 찾지 않으면 쓰게 될 것이며, 쓰게 되면 사랑하게 될 것임을. ● 책상 | 수많은 나를 만나기 위한 고립

오므라이스

○

[명사] 1. 밥을 고기나 야채 따위와 함께 볶고 그 위에 달걀을 얇게 부쳐서 씌운 요리 2. 진실을 숨기고 들추어내는 모양

풍선이 날아가는 곳으로
마음을 모두 주던 때가 있었지

- 「구름과 그네」 중에서

잘 숨겨둔 진심이 드러나는 순간들이 있다. 그
진심이 사랑의 고백이거나 꿈의 시작이라면 좋겠지만
환영받지 못하는 진심일수록 불현듯 드러난다. 어떤
재료가 들어 있을지 모른 채 달걀을 살포시 열어보는
오므라이스처럼.

어렸을 때부터 성인이 된 뒤에도 오므라이스를
열어보는 순간을 좋아했다. 어릴 때는 오므라이스 안
에 총총 썰어진 채소와 고기가 엄마의 비밀 작전처럼

느껴졌다. 잘 먹지 않는 채소를 하나씩 꼭 숨겨두면서
도 선물 같이 내가 좋아하는 특별 재료를 넣어둔 오므
라이스. 눈처럼 부드럽고 사르르 녹는 달걀 지붕이 있
는 날에는 싫어하던 채소까지 맛있게 느껴졌으니 마
법의 요리가 맞았다. 오므라이스에 곱게 덮인 달걀 지
붕을 열어보기 직전의 마음과 열어보자마자 보이는
볶음밥의 모습이 내게는 오랜 시간 오므라이스를 사
랑하게 한 이유가 되었다.

성인이 되어서도 오므라이스는 무언가를 숨겨
둔 요리 같았다. 물론 볶음밥에 들어간 재료쯤은 아
주 철저히 확인할 줄 아는 나이가 되어 엄마의 비밀 선
물이 주는 기분은 느끼지 못 했지만 달걀 지붕에 가려
진 모습을 여는 순간은 언제나 짜릿했다. 볶음을 그리
좋아하지 않는 내가 오므라이스를 자주 챙겨 먹은 이
유를 생각해보면 이 애정은 채소의 맛도 고기의 맛 때
문이 아니었던 것 같다. 슬며시 열어보는 맛, 숨겨져
있을 것 같은 맛, 진실을 보는 맛. 그러니까 들추어내
는 맛.

나이가 들수록 세상의 대부분의 진실의 동사는
'들추어내다'란 생각이 든다. 모르고 싶었으나 알게 되

는 것도, 숨기지 않았으나 숨겨진 것도, 내 세계와 전혀 맞지 않은 모든 것도. 들추어낸다는 동사는 어른이 되어가며 우리가 만든 진실의 모양이 아닐까. 어쩌면 진실이 잘 숨을 수 있는 모양. 우리에게는 적당히 감추고 싶어서 오래 묵혀둔 이야기들이 있을 것이다. 지금은 때가 아니라서, 조금 더 잘 정돈된 후가 낫겠다 싶어서 묵혀둔 것들. 시간을 들인 만큼 진실이 좋은 방향으로 간다면 좋겠지만 그렇지 않아도 시간은 흐른다. 시간을 들이는 것보다 빠른 속도로. 그렇게 뒤늦게 드러난 진실을 마주해야 할 일이 있다는 것을, 그게 삶이라는 것을 천진난만하게 오므라이스를 들추어내던 어린 나는 몰랐으나 성인이 된 지금의 나는 아직도 가끔 놀란다.

원고 마감을 하던 어느 겨울, 카페에서 원고를 보다가 때를 놓쳐 늦은 저녁 오므라이스를 파는 식당에 허겁지겁 갔다. 내가 내 안의 진실을 숨기고 있을 때, 숨기고 있다는 것을 잘 알아서 그런 나를 숨기고 싶을 때 종종 오므라이스를 먹는다. 김이 폴폴 나는 오므라이스가 나왔고 내가 숨긴 진실을 열어보듯 달걀 지붕을 살며시 열었다. 이제 말할 때가 되지 않았느냐고, 그때는 틀리지 않았을지도 모른다고, 그렇게 나는 나를 북돋았다. 달걀 지붕을 들추어내는 손짓이 진실의 문을 여는 손짓 같았다. 미래가 맞을지는 아무도 모르지만 그 문을 열어봐야 할 것 같았던 밤. 밤을 지새우며 쓴 원고는 미래의 나에게 진실을 보여줄까. 지금은 모르겠지만 그때는 믿고 싶었다. 그날의 오므라이스는 오래 잊지 못할 거다.

진실의 동사가 '들추어내다'라면 진실의 형용사는 무엇인지 생각했다. 대개 많은 진실이 들추어지는데 그 진실의 형용사는 왜 단정지을 수 없는지에 대해. 들추어내는 것이 산뜻한, 성실한, 고마운, 자비로운 이런 형용사를 가지면 좋을 텐데 진실의 오므라이스는 제각각 예측할 수 없는 맛이기에 아직도 마땅한 답을 찾지 못했다.

어쩌면 이 예측할 수 없는 맛이 오므라이스를 찾게 하는 것은 아닐까. 우리는 진실을 알고자 간절히 원하면서도, 그런 자신을 달걀 지붕 아래에 숨겨두고도 싶으니까. 그렇게 진실을 모른다는 것조차 잊는 것이 우리를 버티게 한다는 것을 알기에. ● 오므라이스 | 진실을 숨기고 들추어내는 모양

○

[명사] 1. 책, 신문, 잡지 따위의 글을 읽는 사람 2. 마음을 쏟아 기꺼이 초대받는 이

아침에 뜬 달에는 어젯밤 흔적이 있다는데
기억보다는 새긴다는 마음이었다

– 「빛의 날씨」 중에서

한 문장을 읽는다는 것. 나도 모르는 나의 마음
을 찾는 시간이다. 감정이 상태를 표현하기 어려울 때
나 어떤 표현이 감정을 아우를 수 없을 때, 형언한다
는 것에 대해 생각한다. 느끼는 것과 생각하는 것을 형
용하는 것은 성숙한 어른의 능력이라고 생각했다. 나
의 것이니까, 나의 몫을 표현하는 것은 내가 나를 아
는 증거 같았으니까. 그러나 형언할 수 없는 것이 점
점 많아진다. 무난할 것이라 믿었던 말과 글은 주인을

잃고 떠돌다 애처롭게 증발되곤 한다. 그럴 때 우리는 문장을 찾는다. 그렇게 우리는 문장에 머문다. 누군가의 문장에서 나를 조금 더 순조롭게 형언하기 위해서.

형언할 수 없다고 믿은 것은 누군가의 문장에서 아름답거나 처절하게, 평범하거나 낯설게 이름을 갖는다. 이를 업으로 하는 작가들이 있고 열심히 우리의 문장을 찾아와주는 독자들이 있다. 그렇게 우리는 비슷하거나 닮은 무언가를 가진 짝이 된다. 아픔, 눈물, 기쁨, 절망, 사랑처럼 누구에게나 쓸모 있는 삶의 단어들은 형언하는 주요 대상이 된다. 이 단어는 복잡하고 난해해 우리 곁에 상주하는 시간에 비하면 친해지기가 쉽지 않다. 알다가도 모르겠고, 알 것 같아도 모르고 싶은지도 모르겠다. 흔한 단어일수록 많은 작가가 수많은 문장으로 그 쓸모를 표현해낸다. 흔한 단어에 담긴 저마다의 기억을 회상하고 재생하며 나름의 서사를 쓴다. 독자는 이 흔한 단어를 쓴 수많은 문장 중에 자신과 가장 닮은, 자신이 살아보고 싶은 문장에 머물 것이다. 작가의 글은 이렇게 독자에 의해 선택되고 독자는 기꺼이 초대받는다. 우리는 이렇게 한 세계를 함께 산다.

독자의 심장을 귀하게 여기게 된 것은 오래되지 않았다. 등단 후 신인 시절에는 독자보다 내가 우선이었다. 내 세계를 잘 표현할 방법을 고민하며 밤을 샜고 남과 다른 문장을 쓰고 싶어 며칠을 울었다. 대단히 특별한 경험을 한 것도 아니면서 문장은 특별해지길 원했고 기꺼이 더 다가갈 용기도 없으면서 날것의 감정을 아름답게 쓰고 싶었다. 그러나 5년, 10년이 지나며 알게 된 것은 어떤 표현은 고민하거나 애쓴다고 되는 일이 아니라는 것. 그보다 중요한 것은 쓰고 싶은 것을 잘 묵혀두고 기르고 간수하는 것이었다. 그 대상과 내가 함께 살며 부딪히고 애써야지, 문장과 내가 애쓰면 그 대상은 어느새 관객이 되어버린다는 것도. 그것을 깨달으면서 시를 쓰기 조심스러워졌다. 삶을 조금 더 성실히 살아내다 보니 첫 시집이 늦었다. 등단하고 10년 만이었다. 내가 쓰고 싶은 것과 부둥켜 오래 살아볼 수 있도록 나를 기다려준 것은 독자였다. 2023년 첫 시집을 내밀었을 때, 그들은 모든 팔을 벌려 나를 안아주었다.

2012년 등단했을 무렵, 당시 이십 대 시인이 손에 꼽을 만큼 적었기에 젊은 시인으로 주목을 받으며 많은 문예지에 시를 발표했다. 많은 기대를 받았고 많은 고민을 했다. 그렇게 10년 가까이 되었을 무렵 첫 시집이 늦어지며 많은 고민을 했다. 문학을 한다는 것은 순수한 마음으로 되지 않는다는 것을 알아가며 어떤 문장이 독자들의 반응을 얻는지를 살펴야 했다. 그러나 유행을 따르는 것이 맞는 걸까 하는 고민의 끝은 그대로 쓰자였다. 내 삶은 유행이 아니기에, 누구나의 삶은 고유하기에. 고유하다고 믿고 그냥 썼다. 누가 나를 기억할까, 신인의 마음으로 시집을 내밀어야지 마음을 먹었다. 그러나 독자들은 나를 기다렸고 혹은 나를 반겨주었다. 등단했던 무렵 내 또래였던 독자들은 첫 시집을 오래 기다렸다는 메일을 잔뜩 보내주었고, 나를 몰랐던 독자들은 서서히 나의 세계로 하나둘 모여 우리의 세계를 만들어주었다.

이런 환대가 어디에 있을까. 나의 10년을 기다려주고 찾아와준다는 것. 첫 시집을 내기 직전 고민했던 10여 년 만의 문단 생활, 5년 남짓 소통이 적었던 출판계 등 많은 것이 하나씩 사라졌다. 그리고 그 자리에는 아주 큰 독자의 자리만이 남았다. 그들이면 나는 이대로 써도 될 것 같았다. 쓰지 않을 이유가 없었다. 나를 택한 그들에게 보답하고 싶었다. 누군가의 마음을 받고 그것을 갚는다는 것에 대해 생각했다. 내가 생각할 것은 그 마음이었으니까. 그 덕분에 두 번째 시집을 준비하던 수많은 밤들은 불안했으나 든든했고, 두려웠으나 강인할 수 있었다. 이 불안함과 두려움의 기저는 독자였다. 그들이 나를 택한 것을 점점 더 안온하게 느끼기를, 우리의 세계가 흔들리지 않도록 튼튼하게 만들어주고 싶다는 마음.

형언할 수 없다는 말에 대해 자주 생각한다. 그러면 형언한다는 것은 무엇인지도 고민한다. 이 상반되는 두 가지는 내가 앞으로 오래 만들어가야 할 시의 세계이니까. 보이지 않으나 손에 꽉 쥐고 살아가야 하는 것들에 대해 쓰고 싶다. 그리고 이 형언과 형언할 수 없음이 모두 끌어안는 세계에 나의 독자를 오래 머물게 하고 싶다. ● 독자 | 마음을 쏟아 기꺼이 초대받는 이

  노력

○

[명사] 1. 목적을 이루기 위하여 몸과 마음을 다하여 애를 씀 2. 간절함을 잊지 않는 암호

늙지 않는 사랑을 읽어본 적 있니
모든 언어를 잃어본 적이 있니

사랑이 사랑에게 애원한다는 증명

– 「사랑과 형언」 중에서

순수함을 다른 말로 바꾸면 믿음이 아닐까. 내가
준 만큼 사랑이 되돌아오고 내가 꾸민 내 얼굴이 예
쁘다고 생각하는 믿음. 세련되지 않은 말들로 편지지
를 채우면 친구가 나를 누구보다 좋아할 것이라는 아
이의 웃음에서, 거울 앞에 한참을 앉아 분홍색으로 볼
을 한가득 채우고 뿌듯해하는 아이의 당당함에서 순
수함의 이름을 믿음으로 읽었다. 내가 한 만큼 보는
만큼이 맞을 것이라는 믿음은 내가 나에게, 너에게,

그리고 세상에게 노력할 용기를 준다. 내가 가진 것을 낭비할 수 있는 용기. 무언가를 믿는다는 믿음, 그 시간의 다른 말은 노력일 거다. 그러니까 우리는 노력을 꽉 쥐고 손을 내미는 것.

말하는 대로 될 거라 생각했다. 그 반대를 여러 번 경험하기 전까지는. 어린 시절 품는 대부분의 사랑은 주는 것보다 받는 게 커서 세상이 작은 사랑들로 잘 뭉쳐져 있을 줄 알았다. 운 좋게도 내가 준 작은 사랑들은 괜찮게 돌아왔다. 그것이 친구에게 주는 작은 편지일지라도 강아지를 쓰다듬는 일일지라도, 맞춤법이 틀린 동시일지라도. 작은 사랑은 작은 사랑을 더 믿게 하니까. 그렇게 작은 사랑을 주고 큰 사랑을 돌려받으며 내가 사랑이 많은 사람이구나, 나는 원하는 일을 얻는구나 생각했다. 그 믿음은 내가 나를 믿게 했다. 내가 나를 믿음으로 나는 그 믿음을 지키려 노력했다.

내가 크는 만큼 작은 사랑들이 초라해졌다. 내가 믿었던 것들이 어쩌면 주변의 운이 함께 만들었다는 것을 알면서부터. 정성을 들인 편지는 행간을 이해받지 못한 채 오해되었고 수백 번 고친 작품은 심사만

받고 아무에게도 읽히지 못했다. 믿은 시간에 비해, 노력한 마음에 비해 노력은 늘 결론 앞에 졌다. 믿음을 지켜내기 위한 시간의 이름을 노력이라고 한다면 믿음이 무너지는 순간의 이름도 노력이었다. 나는 나를 믿지 못하기 시작했다. 말하는 대로 될 거라 생각했던 것은 노력하지 않은 일이 되었고. 더는 믿음을 지켜내기 위한 노력을, 노력을 이어가기 위한 용기가 없었다.

몇 해를 노력과 운 사이를 오가며 지냈다. 그럼에도 놓지 못하는 시를 쓰며 노력이라고 불렀다가 시가 되지 못한 문장을 붙잡고 운이 없다고 말하면서. 노력이 운을 앞지를 때면 밤새 미친 듯이 웃다가 운이 노력을 쥐락펴락하면 미친 듯이 울었다. 그렇게 노력과 운이 팽팽하게 곁눈질하는 동안에도 아슬아슬하게 나를 지켜준 것은 믿음이었다. 시를 쓰고 싶다는 믿음. 그렇게 몇 해를 보냈고 시인이 되었다.

시에 온갖 노력을 쏟는 이들을 만날 때 나는 시인이라는 이름이 부끄러워진다. 그들이 밤새 써온 시 한 편에 담긴 노력은 두터운 믿음이며, 그 믿음은 운을 꿈꿔본 적이 없으리. 내가 그들보다 시에 절실하다고 말할 수 있는지, 시인이라는 이름을 그들의 노력보다 앞세우지 말자고 다짐한다. 말하는 대로 시가 되고 노력한 대로 시가 된다고 믿는 이들 앞에서. 결국 모든 노력과 운을 앞지르는 것은 단단한 믿음이겠지.

노력에도 그해가 있는 법. 모든 것을 쏟아부었다고 해도 그해에 아무 일이 일어나지 않을 수 있다. 그해는 끊임없이 우리를 믿음 앞에 세우며 노력의 끝을 보여주기도 한다. 운을 믿은 우리를 몰아세우며 다음 해를 두렵게 한다. 그렇게 어떤 노력은 아무 일도 없었던 것처럼 사라지기도 한다. 노력조차 없었던 것처럼. 그러나 노력을 쏟아본 이들의 밤에는 언제 한 번 꼭 불이 켜진다. 모든 노력이 사라진 것 같은 곳에 켜지는 믿음의 불. 노력을 쏟아본 이들의 전생이 숨겨놓은 것처럼.

오래 노력을 쏟으며 알았다. 노력은 결과 앞에 지는 게 아니라 믿음에게 진다는 것을. 믿음을 꽉 쥐고 있는 한 결과 앞에 지지는 않는다. 기대하는 결과가 작아질지 모르나 점점 작아지는 결과를 놓지 않기에. 결과 앞에 질 때보다 내 믿음에 질 때가 더 힘들었다. 결과를 만드는 요인은 많을 테고 믿음을 만드는 이는 내가 유일하다고 생각하면 내가 나에게 진 것 같았기 때문에. 그리하여 나는 내 믿음에 지지 않기 위해 계속 노력한다. 세상과 살아가기 전에 내가 나와 살아가니까.

슬프게도 노력이라는 말조차 무의미한 일들을 만난다. 노력으로 오랜 시간 살아낼수록 노력으로 되는 일보다 그렇지 않은 일을 더 만나면서. 믿음으로 시작해 그 믿음을 지켜내기 위해 노력을 쏟아본 사람은 안다. 노력을 이기는 건 믿음이라는 것을.

나는 오늘도 시를 쓰며 노력과 운 사이를 오가겠지. 앞으로도 꽤 자주 그 사이에서 웃고 울겠지. 그때는 숨겨둔 믿음을 꺼낸다. 어린 시절 가장 작은 사랑으로 시작한 나를 떠올리며, 순수함을 믿음으로 바꿔 읽으며. ● 노력 | 간절함을 잊지 않는 암호

○

[명사] 1. 이전의 인상이나 경험을
의식 속에 간직하거나 도로 생각해
냄 2. 선택된 희극과 갑작스러운
비극

시든 꽃에 매일 물을 주었다
다시 피어나지 않을 약속을 알지만

— 「나의 정원」 중에서

소설가 선배가 내게 물은 적이 있다. 기억 세 가지만 선택해 평생 산다면 고를 수 있는지. 기억 세 가지를 선택한다는 것은 가능할 것도 같은데 평생을 살아야 한다는 게 문제인 것 같다고 답했다. 선배가 다시 물었다. 그러면 세 개의 기억으로 하루를 사는 것은 가능할까? 나는 고민도 없이 불가능할 거라고 했다. 첫 질문을 받고 세 가지를 고르는 것이 가능할 거라고 답한 뒤 다음 질문을 받을 때까지 머릿속에서 계속 기억의 순위가 바뀌고 있었기 때문이다. 기억 세 개를 골라두면 그 기억과 연관된 다른 기억이 순위 안에 들어와 있고 세 개가 열 개가 되는 것은 순식간이었다. 이 중에서 세 가지를 고르는 게 문제가 아니라 뻗어나가는 기억의 가지를 잘라내는 게 시급해졌다.

예상하지 못하는 일이 일어나는 것이 두려웠다. 그래서 내가 할 수 있는 한 불의의 가능성을 만들지 않기 위해 애썼던 것 같다. 작업이나 인간관계, 생활 속 작은 대비들, 다음 해의 일정까지 내가 할 수 있는 선에서는 맞춰 놓아야 마음이 편했다. 지금까지 어느 정도는 가능했던 것 같다. 물론 몇몇 일이 무너질 때는 절망하기도 했으나 잘 맞춰져 가는 일들에서 위로를 받으며 적당히 지낸다. 이것은 내가 모두 선택해 배치할 수 있는 일들이다. 레고의 색을 골라 모양을 끼워 맞추듯이.

대부분의 일이 잘 풀려가던 가을 무렵이었다. 마감할 원고가 많아지고 시 수업에서 학생들을 만날 기회가 많아지고 사랑하는 이의 건강이 나아지던 때. 쉽게 말해 여러 일이 잘 돌아가고 있었다. 어느 날 길을 걷다가 은행나무 한 그루를 보았다. 그냥 잘 익어가던 은행나무였는데 순간 기분이 이상했다. 집에 돌아와 밥을 먹으려 하는데 넘어가지 않았다. 이상하다 싶어 소파에 앉아 거실 벽을 보는데 친구 얼굴이 떠올랐다. 쓰러진 동생을 보며 울고 있던 친구. 오토바이 사고가 일어났던 길에는 큰 은행나무가 있었다. 친구의 동생이 떠난 지 10년이 되어 간다. 나의 친구가 떠난 지는 5년이 되어 간다. 본인의 삶을 끝내기까지 그녀는 은행나무 앞을 자주 찾았다.

순조롭게 흘러가던 나의 레고 마을에 불현듯 은행나무가 한 그루 심어진 이후 한동안 아무것도 하지 못했다. 많은 것이 흐트러졌다. 마감에 쫓겨야 했고 수업을 듣는 학생들 앞에서 울기까지 했다. 친구에 관한 기억에 선택권이 있다면, 아마 아주 오래 묵혀두었다가 세상에 없는 위로가 필요할 때 꺼내고 싶은데 내게는 그런 선택권이 없다. 우리는 선택권 없이 수많은 기억을 만나게 되고 감당해야 한다. 어떤 순간에 불현듯 아주 갑자기 무언가를 기억하게 될 때, 그것이 가벼운 기억이라면 그땐 그랬지 하며 넘길 수 있다. 그러나 '외상 기억'이라는 게 있다. 충격적이거나 두려운 사건을 겪은 후 그 경험이 일상에서 반복적으로 떠오르는 기억을 말한다. 아무 이유 없이 감각이 불러일으키는 기억. 이 외상 기억 상자에 들어 있던 기억이 불현듯 나타날 때, 우리는 속수무책으로 당한다. 우리는 그냥 그 기억의 방문을 받아들일 수밖에 없다. 슬퍼하지 않을 선택권도 없고 무너지지 않을 선택권도 없기에. 내가 삶에서 일어나는 불의의 가능성을 줄이려고 아무리 많은 일을 계획하고 대비해도 중간중간 나타나는 기억이 이 모든 것을 뒤집으니 기억이 우리의 삶을 배치하는 것 같을 때가 있다.

언제든 꺼내도 좋거나 아무렇지 않은 기억이 에피소드라면, 그렇지 않은 기억은 사건이 아닐까. 어디서나 가볍게 농담처럼 꺼낼 수 있는 이야기를 에피소드라고 한다면 오래 남아 흉터가 지거나 치유되지 않은 이야기는 보통 사건이라 말한다. 사전을 찾아보면 에피소드에는 '재미있는 이야기'라는 뜻이, 사건에는 '뜻밖의 일'이라는 뜻이 붙는다. 에피소드와 사건의 미묘한 차이가 내게는 기억에 있다.

"그거 기억나?" 라는 문장이 기억의 뜻이라고 생각했던 때가 있다. 꺼내고 싶은 때로 돌아가 하나씩 들춰내는 것이 기억이라고. 앞뒤 없이, 흐름과 맥락 없이 돌아가도 좋은 시간 말이다. 그러나 그런 기억은 드물다는 것을 안다. 어쩌면 그런 기억이 드문 게 아니라 그런 기억의 힘이 약한지도 모르겠다. 우리는 힘든 기억에 지배당하기에. 우리에게 일어난 일을 우리가 선택해 기억할 수 없다는 것은 비극적이다. 우리는 언제나 속수무책으로 어떤 기억에 갇혀 머물러야 한다는 것이 그 어떤 서사보다 절망적이기도 하다. 그러나 우리는 안다. 이런 반복적인 비극적인 서사 속에서도 빛이 될 만한 작은 기억들을 쥐고 있다는 것을. 그리고 우리가 주기적으로 찾아오는 이 비극의 장을 하나씩 통과해나가고 있기에 조금 더 비극에 무능해질 수 있다는 것도. ● 기억│선택된 희극과 갑작스러운 비극

o

[명사] 1. 나무가 무성하게 들어찬 곳 2. 무성한 것들이 자라나는 자세

가장 완벽한 숲에 너를 심어둔다
한 번쯤 피어나도록

－「고요한 외로움」 중에서

덜어내려 애쓴 것들이 있었다. 끝나가는 관계를
조금 더 간결하게 하는 일 혹은 한쪽이 더 큰 마음을
가졌을 때 적당히 평평한 두 사람이 되려 하던 일 같
은. 노력으로 되지 않는 것들 앞에서, 애써보고 달아
나봐도 반대로 쑥쑥 무성해지는 것들이 있었다. 뭐라
고 해야 할까, 이 지독한 줄기들을. 무성해지는 것들
은, 이상하리만큼 밤마다 가속도가 붙어 더 자라난
아침이 되었다.

외할머니가 떠나시기 직전까지 지내시던 방을 떠올리면, 열 개도 넘는 얼굴이 가득한 '할머니들의 숲'이었다. 시간은 애쓰지 않아도 열렬히 쌓아졌다. 시간이 무섭게 느껴진 것은 외할머니의 1년이었다. 열 명도 넘는 손주 중 나를 유난히 아꼈던 할머니는 정만 주던 시간들 끝에 치매와 만났다. 손주들이 성인이 되어 이제 당신이 내어준 사랑을 돌려받을 수 있는 때가 되었는데 할머니는 치매와 단짝이 되었다.

시간은 지나가는 거라고 생각했었다. 그러나 시간은 자라고 있었다. 하루가 지나면 다른 모습으로, 또 하루가 지나면 남들의 1년만큼 할머니는 변해 있었다. 어린 시절 수없이 읽어 중간이 찢어지거나 없어진 동화책처럼 할머니의 서사는 중간 없이 훌쩍 뒤로 갔다. 할머니는 시간의 숲에 바로 파묻혔다. 웃기만 했던 할머니는 새벽에 일어나 문을 수십 번 열고 닫는 어린아이가 되었고 나를 안아주던 할머니는 매서운 눈으로 나를 노려보는 소설 속 인물이 되어 갔다. 내가 좋아하던 할머니의 연보라색 스웨터는 할머니의 가위질로 갈기갈기 찢겨나갔다. 세상에 아무 소중한 것이 없는 사람처럼 치매는 모든 걸 지웠다.

할머니는 할머니를 둘러싼 '할머니들'의 숲에서 1년을 살았다. 할머니는 '무성해지는 것들'을 거둬내기 위해 걸었고, 약을 털어 넣었고, 억지로 웃었다. 그렇게 힘든 밤을 보내고 아침이 되면 할머니는 이상하게도 더 할머니가 아니었다. 이렇게 억울한 인과 관계가 있다니, 내가 읽은 어떤 소설보다 허무하고 절망적이었다. 보드라운 볼살이 전부 사라져 바람이 빠진 풍선 같은 얼굴로 할머니는 영원한 시간의 숲으로 돌아가셨다. 열 명의 할머니가 나무가 되어 서 있는 숲, 마주하기 두렵지만 나는 아직도 그 숲에서 한 번씩 그리움으로 헤맨다. 할머니가 떠나고 나는 아주 자주 할머니를 떠올린다. 한 번씩 할머니를 떠올리면 열 명도 넘는 할머니가 떠올라 울컥한다. 돌아가시기 직전까지도 정신이 들 때마다 할머니는 나를 보며 웃었는데 미안하게도 다른 할머니가 자꾸 떠오른다.

사람 없는 자리는 그 자리를 채우려고 지나가버린 감정이 무성하게 자라났다. 지나가는 것들은 낡아가야 맞는데, 감정은 뻗어 나갔다. 할머니의 방에서 떠날 수 없는 내가 할 수 있었던 것은, 숲 가운데 앉아 사방을 둘러싼 '할머니들'을 하나씩 되새기는 것 뿐.

남겨진 나는 시로 그림으로 상상으로 할머니의 숲을 만들었다. 언제든 내가 놀러 갈 수 있는 할머니의 숲. 그 숲에 내가 드나들 동안 계절은 계속 오고 갔다. 더 살아내는 쪽이 무성한 시간을 성실히 베어내야 했다. 할머니가 그리울 때면 그곳으로 가 나무도 가꾸고 베고 낙엽도 쓸며 고드름도 보면서. 무성해지는 것들 앞에서 무던히 애써본 것 같다. 덜어내보려고 달아나보려고. 그러나 베어내는 것이 잊는 것이 아님을 안다. 애초에 베어내기로 한 것은 더 자라날 것임을 알았다는 거니까. 그후로도 계속 베어낼 수 있다고 생각한 것들은 덜어낼수록 더 무성해졌다. ● 숲 | 무성한 것들이 자라나는 자세

○

[명사] 1. 낮에 보이는 달 2. 절대 잊을 수 없다고 말하는 것

단어 40 낮달

[명사] 1. 낮에 보이는 달 2. 절대 잊을 수 없다고 말하는 것

잘못된 미래를 고르는 용기를 갖고 싶어
불안을 유영하며 사랑에 낙망하도록

– 「유영의 밤」 중에서

잘 기억되는 것이 무엇인지 고민한 밤들이 있었
다. 그런 밤은 주로 잊지 못해 기억하기로 한 것들을
떠올렸다. 주로 내게 잊지 못한다는 것은, 절실하여 기
억한다는 것이 아니라 도무지 잊히지 않는 조금 두렵
게 기억된다는 쪽이었다. 그래서 기억'하'는 것이 아니
라 기억'되'는 것들. 사라진 줄 알고 올려다본 하늘에
선명히 남은 낮달 같았다.
　오랜 단짝 친구는 몇 해 전에 아버지를 잃었다.

밤 농사를 짓던 아버지는 매해 가을 무렵을 기다리며 성실히 사시다가 밤을 따러 차를 타고 가던 중 사고를 당하셨다. 죽음을 준비할 수 있다면 슬픔이 덜할까. 적어도 죽음을 기다릴 준비는 되어 있겠지. 슬픔도 준비도 아무것도 없던 친구는 장례식장에서 넋 놓고 울었다. 울며 그 자리에만 앉아 있었다.

꺼이꺼이 소리가 내 귀에는 들리는데 장례식장은 고요했다. 그렇게 조용한 눈물이 있다는 것을 처음 알았다. 꺼이꺼이 우는 조문객들 사이 친구는 아무 소리 없이 옷을 다 적셨다. 아직 사계절이 네 번도 채 돌지 않았다. 친구는 조금씩 웃음을 찾고 있다. 괜찮냐고 물으면, 살기 위해 웃는다고 말했다. 차라리 웃으면 위로를 받지 않는다면서.

웃고 있는 사람에게서 지난 아픔이 겹쳐 보이는 일, 이별을 말하는 눈에서 어제의 사랑이, 웃고 있는 일이 겹쳐 보일 때면 내가 누군가의 지금을 기억할 수 있긴 한 걸까 두렵다.

난 이 사람을 이해한다고 해도 될까, 난 지금을 살고 있다고 해도 될지 모를 만큼. 나도 모르게 괜찮냐고 물었다. 난 웃는 친구를 기억할 수 없는 걸까. 두렵지만 장례식장에서 울던 내 친구는 영원히 내가 데리고 다녀야 할 얼굴일 것 같다. 내가 할 수 있는 것은 그날의 친구를 기억하면서 속으로 위로하는 일. 위로되지 않는 위로라도 건네는 일. 친구가 어느 날 말했다. 한동안 자기를 만나면 장례식장이 오래 생각나지 않겠느냐고, 내 얼굴 뒤에 그게 보이지 않겠느냐고, 그러니 자신이 웃어도 웃음으로 전해지겠냐고. 자기는 아마 평생 머리 위에 아빠를 얹고 다녀야 할 것 같다고 했다. 나는 괜찮다고 했다. 늘 아빠를 데리고 만나자고 했다. 낮달이 되어 뜬 아빠라고 부르자고.

난 오늘도 누군가에게 사랑을 주고 사랑을 받는다. 사랑을 주는 데 익숙한 사람처럼 보이는 나는, 가끔 나의 사랑이 꽉 찬 달이 맞는지 생각해본다. 사랑을 주면서도 낯설 때가 있다. 사랑을 주고 있는 사람에게서도 나는 오해, 배신, 미움을 본다. 기억되는 고통들은 언제나 사람 위에 떠 있다. 애초의 사람들이 낮달이 되어 떠오르는 것, 이것은 사람을 이해하는 걸까. 사랑을 주는 사람을 보지 않고 애초의 모든 사랑을 보는 것, 사랑을 이해한다고 해도 될까. 이 기억력이 시를 쓰게 했다면, 앞으로 나는 많은 낮달을 올려

다보며 '밝은' 밤을 살아야 하겠지. 기억력을 능력이라
고 위로하면서.

되도록 좋은 기억을 많이 갖고 싶었다. 누구에게
나 조금 더 편한 얼굴, 조금 더 다정한 감정을 가진 때
가 있으니 그렇게 기억해주고 싶었다. 그런데 늘 연민
은, 포옹은, 관심은 그렇지 못한 것에서 시작되었고 더
선명하게 기억되더라. 그리하여 낮달로 시를 쓰는 것
은, 앞으로 나를 희미하게나마 계속 따라올 기억들을
남기는 일. ● 낮달 | 절대 잊을 수 없다고 말하는 것

○

[명사] 1. 한집이나 한방에서 같이 삶 2. 알고 싶지만 모르게 되는 비밀

으스러지지 않는 우리가 있기는 합니까
오늘도 케이크를 밟는 느낌으로 사랑하잖
아요

- 「슬픔의 일과」 중에서

　　　슬픔을 뭉쳐놓으면 어떤 형태일까 생각했다. 달
아나고 싶었으나 그러지 못한 슬픔은 단단한 벽돌인
지 아니면 그해마다 축적되거나 바뀌는 슬픔은 블록
놀이인지. 슬픔은 응축되는 형태를 가진 감정 같다.
영원히 홀가분하기는 불가능하며 시간과 노력을 거듭
해도 쉽게 본질이 바뀌지 않으니. 다른 감정에 비해 대
개 뭉쳐지고 깊어지며 시시때때로 재발견되는 슬픔.
우리에게 늘 슬픔 몇 조각이 있는 이유인 것 같다.

슬픔은 나를 오래 따라다녔다. 사람들을 만나 웃고 떠드는 일이 버거워 멀리했으며 소설책이나 시집에 담긴 현실이 어쩌면 더 나은 것 같아 펼치지 않았다. 내 삶에서 사람을 멀리하고 문학을 소외시키는 동안 점점 나와 친해지는 것은 슬픔이었다. 슬픔의 대비를 피하고 싶었던 행동은 슬픔의 몰입에 가까워지는 행동이었다. 그렇게 나는 한 계절을 슬픔과 동거했다. 슬픔이 나를 따라다니는 게 아니라 내가 나를 슬픔에 가둬버린 채 말이다. 슬픔과 동거하며 슬픔을 관찰하기 시작했다.

하루는 슬픔에게 편지를 썼다. 지금이 얼마나 힘든지 지긋지긋한 시간인지 도망가고 싶은지에 대해. 너는 어디에서부터 왔으며 왜 하필 선택지가 나였으며 도와줄 사람이 아무도 없는지 종이가 찢어지도록 분노하면서. 답장도 당연히 내 몫이었다. 슬픔의 입장에서 쓰고 싶었다. 누구나 겪는 일이라고, 지나갈 거라고, 어디를 가도 당분간은 따라다닐 거라고. 슬픔은 나에게 당당했다. 나를 설득했다. 오래전부터 와 있었다고, 너에게 그만큼 소중한 사람이었으니 이해하고 네가 감당해야 할 일이라고. 틀린 말은 없는 것 같은데 수긍할 수 없었다. 어떤 답장을 써야 할지 막막해 일단 다음 날 쓰기로 했다.

답장을 미룬 뒤 한 일은 슬픔의 일과를 지켜보는 것이었다. 만날 사람과 읽을 책을 스스로 거부한 우리는 방 안에만 있었다. 우리는 대부분을 울고 있었다. 넋이 빠져 있거나 오열하거나 잠시 정신을 차리고 흐느끼는 것이 전부였다. 온종일 울어본 사람은 안다. 울 수 있을 만큼만 울면 나아질 거란 작은 믿음으로 시작하지만 울다 보면 그 믿음은 슬픔이 끝나지 않을지도 모른다는 확신으로 변하는 것을.

그다음 슬픔이 한 일은 온갖 신호들을 되짚는 일이었다. 왜 미리 이 슬픔을 막지 못했는지 분명히 어떤 예고를 주었을 텐데 그날은 그럼 어떤 날이었는지에 대해 생각하면서. 나를 위한 일이 아니라는 것을 알면서도 과거로 돌아가 속수무책으로 없는 신호들을 찾아 헤맨다. 여섯 시간 넘게 몽골 사막을 걷는 사람처럼 걸어도 걸어도 같은 길 위에 있는 기분으로. 과거로 돌아가본 이는 안다. 아무것도 없는데 무엇이 있을 거라 기대하는 것에 익숙한 사람이 된다. 그렇게 오후를 다 보내면 저녁이 온다. 우리는 슬픔의 근원을 찾으려다 슬픔에 더 몰입하며 시간을 보낸다.

예고 없는 사건들이 많다는 것을 우리는 안다. 그럼에도 어떤 사건을 겪으면 다음 사건을 잘 대비하기 위한 것처럼 과거에 묶인다. 과거에서 어렵게 슬픔의 근원을 찾아낸다 한들 그것이 다음 사건에 적용될지도 모르면서. 과거에서 억지로 슬픔의 성격을 이해했다 한들 그것이 다음 슬픔에는 쓸모없을 것을 알면서.

어제 못한 답장을 써야 했다. 슬픔이 나를 설득하려 한 답장을 조목조목 반박하고 싶으나 찾아낸 선명한 이유가 없다. 그래서 무슨 말을 하고 싶은지는 잘 알겠다고 썼다. 그리고는 내가 슬픔을 얼마나 안고 가야 할지 이 슬픔이 언제 끝날지 내가 이 슬픔을 감당해야 하는 이유는 비밀이라고 썼다. 과거로 돌아가 슬픔을 예고했던 장면들을 열심히 찾아보고 말해주겠다고. 기다려달라고.

긴 동거는 계속될 것이다. 서로를 더 이해할 수 있을지에 대한 확신은 없다. 서로를 잘 위로할 자신은 더 없다. 그러나 내가 슬픔을, 슬픔이 나를 조금 영원히 알 수 없기에 동거가 계속될 것이라는 것에 묘한 든든함이 생겼다. ● 동거 | 알고 싶지만 모르게 되는 비밀

○

[명사] 1. 아무 탈 없이 편안함 2. 어
떤 수식어도 필요하지 않은 순간

손짓이 모르는 것은 신비롭고 순수하지
우리를 기억하는 법도 그랬으면 좋겠어

안녕하는 두 손을 만져주는 수밖에

— 「순수한 습작」 중에서

수식어를 사랑하는 편이다. 이 사랑은 시를 쓸
때 더 지독해진다. 아주 적절한 수식어는 재미없어진
다. 어떤 수식어가 전혀 어울리지 않은 짝을 만나 어떤
장면과 마음이 표현될 때, 수식어에 대한 집착은 깊어
질 수밖에 없다. 세상이 짝지어 놓은 무난한 수식어들
을 모두 흩어놓고 싶은 이상한 마음. 이 고약한 외사
랑이 통하지 않는 단어가 있다. 어떤 수식어도 감싸줄
수 없는, 어떤 수식어도 표현되지 않는 단어. 안녕이

그렇다.

어렸을 때 안녕이란 단어를 애증했다. 좋아하는 친구를 동네 놀이터에서 만나거나 다른 반이 된 친구를 학교 복도에서 만날 때 나의 반가운 마음을 끌어모아 두 글자에 담았었다. 그러던 친구가 전학을 간다는 사실을 들었던 날 엄마와 함께 친구 집에 찾아갔다. 슬프고 속상하고 서운한데 그것을 표현할 만한 단어는 또 두 글자뿐이었다. 마음에 담은 말을 전부 하기에 내 어휘는 부족했고 그래도 마음을 꼭 표현하고 싶어 목소리에 모든 어휘를 담았던 어린 시절. 안녕이라는 말에 담긴 뜻은 만남, 이별 두 가지인 줄 알았던 때.

그후로도 꽤 오래 안녕의 순기능만을 쓰며 컸다. 주변의 소중한 이는 새로 만나거나 헤어지거나 두 가지 중 하나였으니까. 대신 안녕이라는 말의 앞뒤에 미사여구를 조금 붙일 줄 아는 성인이 되어 갔다. 어떤 만남은 계절이 아주 좋은 미사여구가 되었고 어떤 이별은 내 속마음이 아주 현실적인 미사여구였다. 안녕이라는 말로 누군가를 내 세계에 들였고 누군가를 매몰차게 몰아내기도 했다. 점점 안녕이라는 말이 단순하면서 두려워졌다.

살아가면서 몇 번의 큰 안녕이 있었다. 그러면서 내가 같은 절망을 겪지 않을 첫 번째 방법은 안녕을 말하지 않기 위해 내 세계를 지키는 것이었다. 가까이에 있는 이들이 떠나지 않도록 잘 지켜내고 싶었다. 그러나 안녕을 피하고 피하다 결국 누군가 떠날 때는 그 이유가 어떻든 안녕을 쉽게 말하지 않았다. 내가 안녕을 마주하지 않는 두 번째 방법은 인정하지 않는 쪽이었다. 이 두 가지 방법은 내가 택할 수 있거나 내가 잘 간수할 수 있는 만남, 이별인 경우가 그랬다. 이 두 가지 방법도 통하지 않기 시작한 것은 소중한 이의 죽음이었다. 내가 마주한 전혀 다른 안녕.

나를 유난히 아낀 외할머니가 떠나던 날 병실에는 작고 여린 숨이 이어가던 곡조가 가득했다. 작은 숨소리만 들리던 이 장면이 아직 생생한 것은 세상에서 가장 조용한 안녕이었기 때문이다. 돌아가시기까지 외할머니는 치매로 몇 달 나를 알아보다가 모른다고 하기를 반복했다. 돌아가시기 한 달 전쯤, 엄마에게 물었다. 외할머니가 떠난다는 것을 받아들일 수 있는지, 우리를 알아보지 못하는 것이 섭섭하지 않은지.

엄마는 말이 없다가 한참만에 입을 뗐다. 준비할 수 있겠다고 했다. 그것이 삶의 흐름이라면서. 며칠 지나 마음을 준비하라는 말을 듣고 가족이 모여 할머니를 둘러쌌다. 나는 눈이 퉁퉁 부어 할머니 손을 잡고 귀에 모든 말을 쏟아냈다. 가느다란 숨소리만 들리던 병실에서 우는 사람은 나뿐이었다. 준비가 되었다는 엄마의 말은 반은 맞고 반은 틀렸을 것이다. 엄마는 조용히 울다가, 안녕이라고 말하지 않은 채 그녀의 엄마를 보냈다. 너무나 고요하게.

내가 알던 안녕은 이랬다. 담담하거나 화려하거나, 진심을 다하거나 슬프지 않은 척하거나. 그러나 엄마가 그녀의 엄마와 안녕하는 모습을 보며 어떤 수식어도 어울리지 않는 안녕이 있다는 것을 알았다. 어떤 수식어도 감쌀 수 없는 넓은 안녕. 내가 알던 작고 나약한 안녕들이 초라하게 느껴졌다. 안녕을 잘 하거나 피하거나 둘 중 하나였던 안녕이. 세상에는 수많은 안녕이 있다. 원고를 더는 붙잡지 말고 미련 없이 세상에 내보내야 하는 나 혼자만의 안녕, 무엇이 서서히 끝나가는 것을 알아가며 준비 중인 안녕, 이미 오래전이지만 진행 중인 안녕까지. 지금까지 알게 된 안녕보다

그렇지 않은 안녕이 더 많을 것을 안다. 어쩌면 삶을
이루는 촘촘한 관계의 이름은 안녕일지도 모르겠다.
　좋은 안녕이 있을까. 아직 그 답은 잘 모르겠다.
좋다는 것을 기대해야 하는 안녕은 대부분 좋지 않은
안녕일 테니. 그러나 어떤 마음가짐이나 분위기로도
표현되지 않는 안녕이 있다는 것은 안다. 그래서 조금
더 편하게 모든 안녕을 맞이하고 보내려 한다. 굳이
어떤 수식어를 붙이지 않고 모든 안녕을 그냥 세계의
안녕에 넣고서.　● 안녕 | 어떤 수식어도 필요하지 않은 순간

○

[명사]　1. 큰길에서 들어가 동네 안을 이리저리 통하는 좁은 길　2. 잃어버린 것과 기다리는 것의 사이

고통은 친절하고 부끄럽잖아요

상실과 확신을 두 팔에 모으면
우리는 미래를 기다려도 되겠습니까

– 「미래 예보」 중에서

가만히 서서 주변을 둘러봐야 할 때가 있다. 주변이 더 잘 보이는 곳이 있으나 기다리는 것이 보이기 직전을 확인하고 싶지 않을 때. 일단 큰길에 들어서서 작은 희망을 찾는다. 갈림길에서 어떤 곳이 나을지 생각하면서 작은 희망을 쥐고 고른다. 그리고 귀퉁이에서 숨은 듯 아닌 듯 희망을 기다린다. 이것은 희망이지만 현실이 되지 않은, 희망이 보이기 직전의 두려움일지도 모르겠다.

무엇을 잃었을 때 우리는 잃었다는 사실을 숨기고 싶다. 잃어버렸다는 얼굴을 남에게 들키고 싶지 않아서 잘 기다리는 쪽을 택하기도 한다. 엄마는 길을 잃어버리면 그 자리에 그대로 서 있으라고 했다. 길을 잃어버린다는 말만으로 무서워 손을 절대 놓치지 않고 다녔다. 그러다 한 번 엄마 손을 놓쳤다. 열 살이었는데 아직도 그날의 내 얼굴이 생각난다. 어떤 얼굴은 거울 없이도 내가 더 잘 안다. 눈물이 조금 났지만 열 살이니 울기 부끄러워서 바로 옆 골목으로 갔다. 그 자리에 서 있으라던 엄마 말이 생각났지만 일단 눈물이 터지기 전에 숨어야 했다.

우리가 잃어버린 것들 중에 어떤 것은 기다리면 찾을 수 있을 것 같다. 이런 확신이라도 없다면 우리는 잃어버리지 않은 것들도 잃어버리며 살았겠지. 많은 확신 중에 우리를 버티게 하는 확신을 꼽으라면 상실감이 회복될 거란 확신일 것 같다. 골목에 서서 엄마를 열심히 찾았다. 길 한복판에 서면 더 엄마도 나도 서로가 눈에 띌 텐데 왜 그랬을까. 그때는 이해되지 않았는데 시간이 지나 알게 되었다. 길 한복판에 서서 엄마를 찾으면 이 많은 사람 중 엄마가 없다는 게 더 무서웠던 것 같다. 골목은 숨은 듯 지켜보기 좋았다. 고개를 힐끗 내밀었다가 다시 넣었다가 하며 나는 미아가 되었다가 술래가 되었다. 엄마를 잃어버린 것과 엄마를 잃은 아이라는 것이 같으며 다르다는 것을 골목에 서서 느꼈던 것 같다. 그 느낌은 나를 지금도 골목에 숨게 한다. 잃어버리는 것을 기다리는 것으로 바꾸고 싶을 때 나는 골목으로 간다.

　그 뒤에도 오지 않을 것 같은 사람을 골목에 숨어 기다렸다. 대학교 졸업을 앞둔 며칠 전 밤도 그랬다. 친구는 자취방에서 짐을 빼고 그날 밤 시골로 내려간다고 했다. 인간관계가 의미 없다며 당분간 아무것도 하고 싶지 않다고 했다. 그날 친구에게 학교 앞에서 만나자는 문자 메시지를 남기고 친구를 기다렸다. 오지 않을 거란 확신이 와준다는 마음보다 컸지만. 잃어버리기 전에 기다리고 싶은 마음처럼. 골목에서 한 번씩 고개를 내밀었다가 뻘쭘하면 다시 골목에 숨었다. 몇 번이고 반복하다가 집에 돌아왔다. 오지 않을 거라는 두려움과 막막함은 숨어 있다는 것만으로 기다림이 되기도 했다. 내가 골목에 숨은 찰나 친구가 다녀가진 않았을까, 골목에 숨은 내게 잘 지내라

고 인사하지는 않았을까, 골목은 보고 싶을 만큼 보
고 혹시나 하는 여러 마음을 둘 수 있어서 좋았다. 기
다리는 것과 잃어버리는 것 사이에 있었다고 생각하기
에도.

확인하고 싶지 않은 마음은 확인할 수 없다는 가
능성에서 위안을 받을지도 모르겠다. 여러 가능성을
하나의 가능성에 넣어두면 환희, 슬픔 등 여러 표정의
후보들이 무미건조한 하나의 얼굴이 되는 것 같다. 그
무미건조함이 때로는 가장 안전하니까.

잃어버린 것은 기다린다는 걸까. 기다리는 것은
모두 잃어버린 걸까. 얼마 전 골목에 서서 생각했다.
손에 쥔 것은 없는데 잃어버린 것도 없는 날이었다. 기
다리는 것이 없는데 무엇을 잃어버린 것 같았다. 큰길
에 들어서서 여러 개로 나뉜 골목들을 보고 있으면 잃
어버린 것이 숨은 모양 같다. 저 골목길로 가면 기다
리던 것이 보일 것도 같아서 기다리고 있으면 될 것 같
다. 내가 고개를 숨긴 사이 내가 찾던 것이 다녀갔을지
도 모른다고 생각하면 이상한 위안이 된다. 만나지 않
은 것을 재회한 것처럼.

나는 종종 잃어버린 것을 모르는 내 빈손이 부끄

러울 때면 골목에 숨어 무언가를 기다린다. 그러면 엄마를 기다리던 어린 내가 골목에서 나와 말해준다. 잃어버린 것이 아니라 기다린 거라고. ● 골목 | 잃어버린 것과 기다리는 것의 사이

○

[명사] 1. 예수가 태어난 날을 기념하는 날 2. 짐작하고 싶은 누구의 계절

어제의 안녕이 미래가 지나 어제로 간다
어떤 안녕은 서럽고 어떤 안녕은 고요할 걸

-「밤의 해석」 중에서

　14년 전, 등단 소감에서 이런 말을 했다. 누군가
의 생을 짐작하고 싶다고. 그렇게 문학을 조금 더 겸
손하게 대하며 시를 조금 더 감사하게 쓰겠다고. 누
군가에게 관심을 들이며 한참을 바라보다 보면 내게
짐작하는 능력이 생길 거라 믿었던 것도 같다. 이맘때
면 이런 기분이겠지 어떤 소망을 가지겠지 그런 시기겠
지. 감히 그 불가능한 일을 말이다. 매년 겨울 돌아오
는 크리스마스처럼 이 소망이 조금은 수월해지면 좋

겠다.

　누군가의 생을 짐작한다는 것은 한 생의 계절 주기를 이해하는 것일지도 모른다. 시시때때로 찾아오는 어떤 생의 사건들을 짐작할 수는 없기에 모두에게 공평한 계절에 빚을 지게 된다. 비슷한 계절을 살며 대부분 겪는 일들이나 느끼는 감정들. 계절이 바뀔 때마다 짐작할 수 없는 이야기를 부단히 사랑하고 아끼며 짐작할 수 있는 계절의 이야기를 보고 듣는다.

　매년 겨울이 오면 크리스마스를 맞는 이들을 가까이에서 본다. 그해 일기장을 다시 들추고 사랑하는 이들과 파티를 준비하고 폭설을 제대로 느낄 여행을 준비한다. 각자 다른 삶을 살고 있지만 겨울과 해의 끝을 맞이할 준비를 하는 우리는 같은 삶을 사는 것도 같다. 계절을 맞이하는 여러 모습 중 비슷한 점이 있는 우리를 보며 나는 여러 생을 짐작하는 희망을 다시 쥐게 된다. 다른 듯 비슷한 우리의 주기는 내가 문학을 하는 이유이며 시에서 살아보고 싶은 다른 생이기에. 한 해의 끝에는 막연한 희망보다는 아쉬운 소망이 있으며, 기운이 가득한 응원보다 잘했다는 격려가 있다. 내가 여러 계절 중 유독 크리스마스를 맞이하는 이들을 오래 관찰한 이유다. 섣불리 기대하지 않으며 회상이 있는 크리스마스 주간. 계절의 주기에서 내가 짐작하고 싶은 생의 모습이다.

희망보다는 아쉬움을, 기대보다는 회상이 내가 시를 쓰는 이유라서 그럴지도 모르겠다. 겨울이 오고 크리스마스가 다가올 때면 불현듯 짐작되는 장면들이 있다. 이맘때마다 고독하게 숲속에 상주하며 집필을 하고 있을 동료, 공들여온 시를 수백 번 다듬으며 투고한 후 결과를 기다릴 미래의 시인들. 이들의 크리스마스는 같은 계절 안에서 누군가와 또 다르겠지만 내가 짐작한 그들의 겨울 감정은 다르지 않을 것 같다.

그러나 이 짐작 또한 완전하지 않음을 안다. 큰 주기 안에는 수겹의 주기가 있으며 이 세세한 길들은 모두의 생에 다르게 나타나기에. 그러나 다른 길들 속에서 비슷한 의미와 느낌으로 살아가는 이들을 유심히 보는 일은 등단 소감에서 말한 나의 소망에 조금씩 가까이 가는 방법일 것 같다. 한 해의 끝은 아쉬우므로 간절하며 회상할 것이 많기에 버릴 수 있는 것도 많다. 짐작할 수 있는 우리 생들의 공통점이지 않을까.

다시 크리스마스가 온다. 거리에는 소박하고 아

름다운 크리스마스트리 조명들이 켜지고 목을 감싸 줄 포근한 목도리를 주고받는다. 사람을 얻고 잃기도 하며 꿈을 꾸고 접기도 한다. 마지막 한 장 남은 달력을 보며 헛된 욕망을 버리기도 하고 내년으로 희망을 슬쩍 넘겨 놓기도 한다. 12월 25일이 되면 비슷한 듯 다른 모습으로 하루를 살지도 모르겠다. 준비한 것들이 흩어지기도 하고 당일 일어나는 사건에 속수무책 당하는 것이 삶이기에. 그러나 나는 해의 끝이라는 단어에 담긴 우리의 마음을 오래 돌보고 싶다. 가까이서 혹은 멀리서 계절이 어김없이 주는 기운과 기분을 오래 기록하고 싶다. ● 크리스마스 | 짐작하고 싶은 누구의 계절

사전을 덮으며

○

　재작년 어느 날, 오랜만에 습작 노트를 봤습니다. 설명 없이 단어들이 주르륵 적혀 있었죠. 오래전부터 줄지어 써둔 단어들의 자세가 누군가에게 전하려는 다짐 같아 보였습니다. 지금은 아니지만 언젠가. 시인이라는 이름으로 시를 쓴 지 햇수로 15년, 단어의 귀함을 잊지 않고 싶어 사전을 새로 써보기로 했습니다. 저의 이 마음가짐에 응원을 보태준 다산북스에 감사함을 전합니다.

　이번 원고를 집에서 잠들 때까지 울고 웃고 읽었다는 이가현 편집자님. 원고를 다듬는 동안 편집자님과 나눈 수많은 메모와 이야기들을 기억합니다. 세상이 아직 모르는 원고를 단둘이 이야기한다는 것, 그 비밀 대화 속에 밤낮없이 살아준 편집자님께 큰 우정을 전합니다.

이승환 팀장님은 오래전 산문집을 함께 작업했던 분입니다. 등단하고 첫 시집이 없던 때임에도 제 시를 진작부터 지지해준 분. 10년이 지나 우리가 다시 함께 할 수 있었던 건 그의 변함 없는 지지가 있었기에 가능했음을 압니다. 고맙습니다.

이 책을 읽는 독자들에게 사전의 느낌을 선물하기 위해 애써주신 권예진 디자이너님. 책의 얼굴과 속뜻을 빚어주시기까지 원고를 읽고 또 읽으셨을 시간을 오래 기억하겠습니다.

문학을 하는 이에게 동료의 밝은 눈은 외로운 밤을 지켜낸다고 믿습니다. 원고를 밝은 눈으로 읽고 책에 빛을 준 예소연 소설가, 문보영 시인에게 포옹을 보냅니다.

끝으로 독자님들이 이 사전을 덮으셨을 때 어떤 한 단어가 남는다면 좋겠습니다. 그리하여 독자님들의 낭만 사전이 시작되기를 바랍니다.

2026. 3

이제야

○

　낱말 사전의 뜻을 들여다볼 때면 그 간소함의 아름다움에 감탄한다. 헤아릴수록 낱말의 뜻은 명료하고 그렇기에 나름의 의미가 두드러져 주관의 세계를 더욱 확장시킨다. 『낭만 사전』은 이제야 시인이 그간 차곡차곡 모아온 내적 세계를 보여준다. 정갈하고 가지런하지만 그것이 전부가 아니라는 걸 우리는 행간에서 안다. 사전 속 행간에는 촘촘한 이야기가 있고 그게 나를 혹은 독자를 슬프고도 충만하게 한다. 이 많은 단어의 뜻을 차분한 언어로 써내려가기까지, 이제야 시인만의 어떤 시절을 잠시 들여다본 것만 같은 기분이다. 마음이 동하고 잠시 얼어붙었다 내려앉고 주춤하다 치솟기를 반복하는 과정이 삶이라면, 그 삶을 통해 이제야 시인은 어떤 이의 마음을 뒤흔드는 사전 하나를 빚어냈다. 함께 살아남아 죽어가는 사람으로

서 이 개인의 간소한 고백에 마음이 흔들리지 않을 수 없었다. 나는 이 사전으로 말미암아 누군가를 또다시 떠올리며 나름의 오해를 해나갈 것이고 그 오해를 바탕으로 관계를 지속해나갈 것이다. 그것이 주는 힘을 오래오래 믿으면서. 그리고 무심코 어느 시점에 다시 이 책을 펼쳐보게 될 것이다. 살아나가는 힘이나 이별하는 힘 따위를 얻어 단순한 미래로 저벅저벅 걸어가기 위해.

— 예소연(소설가)

　　시인은 말합니다. '첫눈의 의미를 부지런하게 잊는다.' 이 한 문장에 마음이 꽂혀 책을 끝까지 읽었습니다. 책을 덮었을 때, 여러 장의 낙엽을 한꺼번에 밟는 듯했습니다. 그것은 시인이 여러 겹의 이야기를 포개어 들려주기 때문일 것입니다. 『낭만 사전』은 통상적인 사전과 반대로 걷습니다. 단어의 본래 뜻을 지우고 비우면서 시작합니다. 단어를 아코디언에 비유할 수 있다면, 시인은 주름을 쫙 펼쳐 단어가 살아온, 그리고 앞으로 살아갈 여러 겹의 생을 보여줍니다. 마치 하나의 단어에 전생과 현생 그리고 다음 생이 있는 것처럼 말입니다. 『낭만 사전』은 단어를 사랑하는 사람의 이야기이면서, 동시에 말 때문에 막혀본 사람을 위한 책이기도 합니다. 언어가 끝내 해내지 못하는 일이 있음을 덤덤하게 받아들이면서도, 하지 못한 말들이 언젠가 시가 될 것임을 믿습니다. 말의 실패를 인정하면서도 사전을 채우고 비우는 일을 멈추지 않는 것, 그것이 '낭만'의 의미가 아닐까요. 우리는 단어라는 작은 문고리를 돌렸을 때, 이름을 얻지 못했던 슬픔과 기억, 시간과 외로움이 낡은 서랍 안에 고스란히 남아 있었음을 알게 됩니다. 단어를 통해 삶을 견디는 조용하고도 아름다운 방식입니다.

— 문보영(시인)

낭만 사전

초판 1쇄 발행 2026년 3월 5일
초판 2쇄 발행 2026년 3월 17일

지은이 이제야
펴낸이 김선식

부사장 김은영
콘텐츠사업본부장 임보윤
책임편집 이가현 디자인 권예진 책임마케터 최민경
콘텐츠사업3팀장 이승환 콘텐츠사업3팀 김한솔, 권예진, 이가현
마케팅사업1팀 이고은, 지석배, 최민경, 김은지 홍보1팀 김민정, 홍수경, 변승주
브랜드사업본부장 정명찬
브랜드홍보팀 오수미, 서가을, 박장미, 박주현 영상홍보팀 이수인, 염아라, 이지연, 노경은
저작권팀 성민경 편집관리팀 조세현, 김호주, 백설희
재무관리팀 하미선, 임혜정, 이슬기, 김주영, 오지수
인사총무팀 강미숙, 김재경, 김혜진, 김주림, 황종원
제작관리팀 이소현, 김소영, 유미애, 이지우, 이승협
물류관리팀 김형기, 김선진, 주정훈, 양문현, 채원석, 박재연, 이준희, 최대식

펴낸곳 다산북스 출판등록 2005년 12월 23일 제313-2005-00277호
주소 경기도 파주시 회동길 490
전화 02-704-1724 팩스 02-703-2219 이메일 dasanbooks@dasanbooks.com
홈페이지 www.dasan.group 블로그 blog.naver.com/dasan_books
종이 한솔피엔에스 인쇄 한영문화사 후가공 평창피엔지 제본 한영문화사

ISBN 979-11-306-7507-7 (03810)

● 책값은 뒤표지에 있습니다.
● 파본은 구입하신 서점에서 교환해드립니다.
● 이 책은 저작권법에 의하여 보호를 받는 저작물이므로 무단 전재와 복제를 금합니다.

다산북스(DASANBOOKS)는 독자 여러분의 책에 관한 아이디어와 원고 투고를 기쁜 마음으로 기다리고 있습니다.
책 출간을 원하는 아이디어가 있으신 분은 다산북스 홈페이지 '원고투고'란으로 간단한 개요와 취지, 연락처 등을
보내주세요. 머뭇거리지 말고 문을 두드리세요.